大美中国——

云端歌行

胡明刚 ◎ 著

三环出版社
SANHUAN PUBLISHING HOUSE

图书在版编目（CIP）数据

云端歌行 / 胡明刚著 . -- 海口：三环出版社（海南）有限公司，2024. 9. -- （大美中国）. -- ISBN 978-7-80773-327-0

Ⅰ . I267

中国国家版本馆 CIP 数据核字第 2024XY8343 号

大美中国　云端歌行

DAMEI ZHONGGUO　YUNDUAN GEXING

著　　者	胡明刚
责任编辑	符向明
责任校对	张华华
装帧设计	吕宜昌
出版发行	三环出版社（海口市金盘开发区建设三横路 2 号）
	邮　　编　570216　　邮　　箱　sanhuanbook@163.com
社　　长	王景霞　　**总 编 辑**　张秋林
印刷装订	三河市同力彩印有限公司
书　　号	ISBN 978-7-80773-327-0
印　　张	13
字　　数	150 千字
版　　次	2024 年 9 月第 1 版
印　　次	2024 年 9 月第 1 次印刷
开　　本	690 mm × 960 mm　　1/16
定　　价	68.00 元

云端歌行
Contents 目录

◎ 天台山石梁飞瀑

追随霞客，天台云端歌行

追随徐霞客的天台旅程，与山水有关，与人文有关，与旅游有关。与一座名山有关，与一个节日有关。这座名山是天台山。这个节日是国家旅游日。

2009 年，国家旅游局遵照国务院的部署，就设立中国旅游日事项，听取民意，向全社会征集候选日期方案。一时间响应强烈，百姓万众，群情激奋，热情踊跃参与其中。最后，全民的目光凝注在"游圣"徐霞客的身上：江苏江阴民众建议定于徐霞客离开家乡出游的 3 月 29 日；浙江宁海民众建议定于徐霞客开篇游的 5 月 19 日；浙江天台山林国干先生等民间人士建议定于徐霞客进入天台山的 5 月 20 日。经过激烈的争议，5 月 19 日胜出。

中国旅游日源自徐霞客，源自天台山。

◎ 徐霞客像

2010 年 3 月，北京。天台县人民政府和人民网联合举行"中国旅游日：《徐霞客游记》的呼唤"论坛，与会的有数十名知名专家。我与徐霞客后人徐永恩先生分别提交文字资料。大旅行家徐弘祖，字振之，号霞客，更号霞逸，生于明神宗万历十四年（1587），卒于明思宗崇祯十四年（1641），他博闻强记，性耽山水，游历中国秀美山川，前后延续了 30 多年，被后人尊为"游圣"。《徐霞客游记》开篇《游天台山日记》云："癸丑之三月晦（1613 年 5 月 19 日），自宁海出西门，云散日朗，人意山光，俱有喜态"，表明宁海仅仅是一个出发地，他真正的目的地是天台山。综览日记，徐霞客曾经到过天台山三次，第一次是在明万历四十一年（1613），第二次则是二十年之后，重新游历天台华顶和石梁后，再游雁荡，然后折返细览天台西南诸景。天台山在徐霞客心目中的地位非同一般。他三游天台山，《徐霞客游记》中收录两篇游记，《游天台山日记》被列为卷首。

徐永恩先生考证说，徐霞客把天台山作为首游之地，是因好友陈函辉的竭力推荐。陈函辉（1590 ~ 1646），原名炜，字木叔，

号小寒山子，浙江临海城关人，曾与徐霞客结交数十年。徐霞客在旅行天台山之前，就征求过陈函辉的意见。陈函辉曾有《答友人问台州有何佳境》诗道：

万仞嵯峨壁立青　古云地阔海冥冥

琪花瑶草山中果　雨鬖风鬖洞口婷

鹤驭吹笙开石壁　鹅群染翰写金经

无端醉后逢天姥　月照琼台梦未醒

陈函辉这首诗，其实是对天台山自然风景的概说。

书载，徐霞客出游之时，能忍饥数日，遇食即饱。他健如黄犊，徒步行走几百里而不知疲倦为何物。攀登绝壁悬崖犹如猿猱，每有见闻，提笔记下，积稿高于人等，他去世之后，文稿散失，后有好友季梦良将其搜集整理编纂，始有《徐霞客游记》传世。

天台山华顶东麓，我出生的小村之下，是徐霞客游天台山必经之道。徐霞客游记中说，出宁海西门30里到梁隍山，那里山高林密，徐霞客住了一宿，次日过松门岭，再行15里，到筋竹岭，在筋竹庵用完斋，徐霞客请国清寺僧人云峰找人把行李担到国清寺寄放，然后他与另一位僧人莲舟上人一起，再走了十几里路，到弥陀庵，当时有老虎出没，沿途山路两旁的草木全被当地百姓烧光了。再走20里，就到了天台山的地界。

天封寺是徐霞客在天台山的第一个落脚点，是天台宗创始人智顗创建的十二道场之一，该寺历史悠久，可惜的是，毁于20世纪的一场大火之中。"寺在华顶峰下，为天台幽绝处。"当天，寺僧将他安置在禅房里，"卧念晨上峰顶，以朗霁为缘。盖连日晚霁，并无晓晴。及五更梦中，闻明星漫天，喜不成寐。初三日，果日光烨烨"，次日，徐霞客直奔峰顶而去。徐霞客第二次游天台山，也是从宁海出发的，住在这个天封寺里。站在天台华顶之上，云蒸霞蔚，四周开阔，无限风光尽收眼底，东临东海，南瞰雁荡，西招括苍，北睨钱塘，真有飘然欲仙凭虚凌空的感慨。

天台山自古以来就是闻名遐迩的神圣之山，山名充满浓厚的仙道色彩。

在《山海经》《逸周书》《禹贡》等古书中，天台山与昆仑山齐名，而"五岳"则被天台山的名声所掩。天台山的得名，见于陶弘景的《真诰》。"天台山四万八千丈（又说一万八千丈），山有八重，周八百里，上应台宿，顶对三辰，故名天台。"天台的"台"，念tāi（胎盘的胎），不念tái（阳台的台），天台山顶对的上台中台下台"三台星"，乃是北斗之权（柄）。"台"与繁体的"臺"是不同的，现在一些旅游书或网络中，将浙江"天台山"安到四川邛崃的"天臺山"上，此乃张冠李戴。这是汉字"臺"简化为"台"的"恶果"，致使"天台山"与诸多的"天臺山"纠缠不清，混淆视听，以讹传讹。

历史上的天台山，有地理上的广义狭义之分，就狭义来说，天台山以县境为界，纵横不过一二百里，而按现代地理学分，天台山脉以天台为中心，蜿蜒于金华、绍兴、台州、宁波，入海则形成舟山群岛。孔灵符的《会稽记》称"天台山旧居五县之余，余姚、鄞、台、剡、宁也"，"周八百余里"。民国时期，宁海属台州治下，故而明代宁海人方孝孺则以天台山人自居，鲁迅说，宁海作家柔石也有"台州式的硬气"，其根源与天台山不无关系。

天台山自然风景"古、奇、清、幽"，山水明秀，水木清华。怪石奇洞，罗布山中，究其成因，乃因长期地质运动，岩体呈断裂节理发育、海水水平融化和雨水冲蚀所致，故形成高山峻岭、陡壁悬崖、岩穴怪石、飞瀑流泉。说天台的水景，有天下第一奇观的石梁飞瀑，有茶圣陆羽誉为天下第十七水的紫凝瀑，有如太阿倒悬的铗剑泉，有碧波万顷的寒山湖，更有蒹葭流光的清溪古渡；说天台山景，则有峻险峭苍的桐柏百丈，有翠荫蔽日的华顶森林，有葳蕤葱郁的国清幽径，有霞光栖宿的赤城山崖，有石怪

岩明的翠屏寒山；说人文古迹，则有佛道双修的赤城崖端的深邃洞府，有佛陇国清高明和方广万年的梵宇禅林，有颠僧济公的故里和诗僧寒山的隐迹，有桐柏琼台桃源道家的祖庭仙都；说乡村田园，则有九遮开岩紫凝和华顶山麓的烟村平畴；说诗文旨味，则有万马渡旁一块如老妪的天姥岩，展开李白的梦游和唐诗之路最精华的路段，"龙楼凤阙不肯住，飞腾直欲天台去"的激情，"安得生羽翰，千秋卧蓬阙"的逸致，寒山和拾得"石床孤夜坐，圆月出寒山"的隐情，令天台山的一草一木一水一石皆有飞动的灵性和气韵。天台山有其得天独厚的自然与人文的资源，值得徐霞客与其后人们于此行旅，寻幽探胜。

徐霞客三游天台山后百年来文人纷纷来游，探幽寻胜，高度评价天台山。清代学者潘耒称："吾足迹半天下，所见名山岳镇多也。掩众美，罗诸长，出奇无穷、探索不尽者，其唯天台乎！"他将天台与全国名山岳镇逐一作比：

华顶高旷，罗浮之飞云峰也；幽溪苍寒，五台之清凉台也；桃源隽永，有武夷九曲之势；赤城秀丽，有丹霞万仞之观；国清之静深，可以敌曹溪；桐柏之萧远，可以俪勾曲；石梁之雄奇巧妙，琼台双阙之灵异清华，吾遍拟之而不得也，则台山之独绝乎！台山能有诸山之美，诸山不能尽台山之奇，故游台山不游诸山可也，游诸山不游台山不可也！

潘耒不是天台邑人，但他深爱天台，并给予天台山这么高的评价，可见天台山水的神奇魅力所在。我想他到天台，是怀揣一

◎ 古道

◎ 清音

◎ 水云

本《徐霞客游记》或一部唐诗，与我一样走上天台的霞客之途的。他是山中"霞客"。

"霞客"一词源于道家，亦为"餐霞客"，原为修仙学道之人。天台的赤城霞和桐柏月，更令我与霞客一样有羽化登仙之感。

走在天台山霞客道上，我把目光投向高古年代。天台山因地处幽僻，满目荆榛，一片蛮荒，其幽邃奇景，却鲜为人知，自有一种神秘感，故而东晋辞赋大家孙绰在《天台山赋》中说："天台山者，盖山岳之神秀也。皆玄圣之游化，灵仙之窟宅，夫其峻极之状，嘉祥之美，穷山海之瑰富，尽人情之壮丽矣！"正因为地处蛮荒，"所以不列于五岳，阙（缺）载于常典者，岂不以所立冥奥，其路幽迥，或倒景于重溟，或匿峰于千岭，始经魑魅之途，卒践无人之境，举世罕能登陟，王者莫由禋祀，故事绝于常篇，

名标于奇纪"。孙绰写好这篇赋后,把它交给友人范荣期看了,范荣期拍手叫绝,称赞它"掷地作金石声"!天台山由此扬名。

　　天台山首先体现的是仙道精神。相传黄帝赴天台桐柏受琼浆玉液,周灵王太子晋驾鹤来主管桐柏山,汉魏六朝时期,这里就成为文人雅士向往的仙域桃源了,在汉代就产生刘晨、阮肇采药桃源遇仙的文学故事;晋代王羲之与孙绰结为同好,一起在兰亭

◎ 天台飞彩霞

流觞曲水，他到了天台华顶学道，在黄经洞习书《黄庭经》，于流云中顿悟永字八法，开一代书家风范；其时，西域僧人昙猷在赤城山下和石梁桥畔结茅端坐，让山中的猛虎蛇虺成了最忠实的听众；陈隋之间智𫖮（智者大师）隐居在天台佛陇，黄卷青灯，清苦修习，创建中国汉化佛教最早的宗派——天台宗，建天台宗十二刹，影响流播海外；唐代诗僧寒山、拾得、丰干隐居寒岩，写了三百多首诗歌，在中国白话文学史上占有一席地位，寒山诗

成为西方人信奉的"圣经"，寒山成为欧美嬉皮士年青一代的偶像；宋代天台颠僧济公，破帽破鞋破蒲扇，腰挂酒葫芦边唱边跳，雅俗共赏，与寒山同而有异，文学经典形象可与孙悟空、哪吒相媲美；唐代天台高道司马承祯（647～735）居桐柏，著《天隐子》《坐忘论》，开正一道，宋代张伯端居桐柏山，修炼内丹，著《悟真篇》，开中国道教南宗之门。天台形胜之地，佛道精神张开双翼，在白云苍穹中翱翔。

追随霞客，展开天台山旅途，走上一条风光之路、一条佛道之路、一条诗歌之路。在这里我拾取了历代文人不绝的步履和永恒的吟唱。有唐一代，400多名诗人自淮扬乘舟沿水路而来，过钱塘，穿稽山，越鉴水，沿剡溪，循天台山北麓跋涉，走的就是一条著名的唐诗之路。他们溯流而上，望石梁飞瀑，登华顶主峰，朝佛陇国清，看赤城栖霞，居桐柏道源，探桃源仙境，坐寒岩夕照，沿大溪一路迤逦，抵达临海。据统计，唐代有400多名诗人登临此间，称著者有李白、孟浩然、白居易、元稹、刘长卿、刘禹锡、陆羽、贺知章、宋之问、沈佺期、钱起、李绅、皮日休等，还有一些隐居山中的方外人士，如司马承祯、徐灵府、杜光庭、吴筠、灵彻、皎然、贯休等，既创作了诸多名作佳构，又留下了诸多遗迹佳境。

当年去天台山的云水路中，诗人孟浩然推开船上的竹帘，遥望云霭溟蒙的山峦，向同伴说起他的目的地，神情尤为欣悦：

挂席东南望　青山水国遥　舳舻争利涉　来往接风潮
问我今何适　天台访石桥　坐看霞色晓　疑是赤城标

天台关岭、石梁、华顶、桐柏、寒石山一线，是浙东唐诗之路最精华的路段、展示山水人文最美丽最独特的画卷。自此以后，历代文人如陆游、苏东坡、朱熹、袁枚等，纷纷莅临。在明代，自然地理旅行家徐霞客与人文地理学家王士性，是继前人足迹的后来者。

在天台山腹地石梁飞瀑侧畔，我依偎着徐霞客拈须微笑的塑像，与他的目光对接，他聆听瀑声，凝视飞泉，久久出神，他终究是匆匆的过客，就像唐宋诗人那些飘逸而过的身影，把发自内心的呐喊和呼唤，留驻在这里的山水和树影之间。追随徐霞客，漫步于云端之上，穿行于林泉幽壑和高峰，流连于村庄崖石和清流，拜谒儒林、佛寺和道观，我的身边多了一尊指引我前行的神灵，他在冥冥地呼唤着我，让我当一回真正的霞客，以自己独特的角度去观照天台，在古今来往的文字中寻觅到知音。

追随霞客，展开天台云端旅途，我们重新拾回失落和疏忽多年的山水与人文的回忆，得到更多的安静和舒畅。霞客，餐霞客，为高道，是羽人，是我的知音，我与他一起在行走中悟山水人性和天道。跟随霞客们的脚步，我的身心伴你启程。

让我们的身心与文字又开始一次灵魂的远足与精神上的行旅，感受那一路行来的清雅吧。

五峰环抱的国清圣境

　　1895 年 5 月，踏着徐霞客的足迹，来自英国的浸礼会传教士李提摩太，在伦敦教会的厄尼斯特·包克斯牧师陪同下，走向天台山。他写了一本回忆录性质的自传《亲历晚清 45 年》，在第十三章详细记录了这座圣山之旅。他开门见山地说：

　　　　天台山位于浙江省，是一个规模巨大的宗教中心，
　　　　也许可以跟耶路撒冷、麦加、贝那拉斯、孔子的故乡山

◎ 国清寺外的隋塔

东曲阜、道教大教主所在的江西龙虎山，以及西藏达赖的驻地相提并论。这里是中国最流行的佛教的中心，《莲华经》为其主要经典。也就是从这里，大概来自埃及的（原文如此，实际为印度）、信奉阿弥陀佛的净土宗踏上了远东的土地，并迅速普及整个中国和日本。在天台山，有很多寺庙属于这个净土宗。它在佛教历史上占据一个非常重要的地位……

在这本书里，李提摩太把"佛"译成了"god"，与"上帝"相同。在国清寺的墙壁上，他抄录的一个智慧救心方，却是作为上帝的"god"所没有的。与李提摩太一样，许多人到天台山，是奔着天台圣寺——国清寺而来的。

不到国清，不到石梁，就枉到天台。

国清寺位于天台山下，与赤城山近在咫尺。国清寺是天台山旅游的第一站，全国重点的文物保护单位，佛教天台宗的祖庭，声名远播海内外。徐霞客登临天台山之时，周边几百里内外的乡民，以及一水相隔的日韩等国的信徒，不论寒暑风雪，五体投地，或三步一拜，或一步一拜，到这里朝圣，寄托始终如一的虔诚，就像雪域藏民朝拜他们的圣山和圣湖。

国清寺居天台县城近郊，距城 4 千米左右。自县城到小北门一段路程，在 20 世纪 50 年代之前松翳蔽日，人称"万松径"，旁有赭溪淙淙，碓声阵阵，另有神迹石等景，而今时过境迁，旧景无存。万松径旁的松林，被连绵的橘园所代替，甘甜湿润的江南韵味十足的山风扑面而来，映入眼帘的是乡村田园的自然景色

和清净庄严的佛国风光。

转过木鱼山，进入一牌楼，眼前又呈现出别样的景象。时值仲春，映入眼帘的是金黄油菜花和翠绿麦苗的田畴与摇曳的枝影，林中挺秀的隋塔，宛如一介书生，或如一名武夫，在晨曦和暮霭中静静伫立，又像是一个圆寂的老僧，一派安详。它的中部横生出几棵小树来，伸手做着邀请的姿势。隋塔下则有七座一字排开的小佛塔，便如仪仗一般的端严了。

隋塔建于隋代，重修于北宋初期，缺了顶，六面九级，自第二层起，每层每面都有佛龛，内壁的每块砖上都刻有三尊佛像。为便于保护，塔门早已封闭，禁止攀登。要欣赏它的神韵，只能到国清寺的文物室里细观塔上遗落的几块残砖了。

隋塔的顶部早已缺失，民间传说是罗汉与观音斗法的结果。观音与五百罗汉比赛，自己造石梁桥，这是相当容易的活儿，随手把两块龙口舌一拉就成。她回来见隋塔身已经完工了，罗汉们正在岭上手忙脚乱地雕塔顶，便干脆学起鸡叫来，罗汉以为天亮要露馅了，留下一个半拉子烂尾工程，跑掉了。国清寺周围的村民一觉醒来，都说在梦中自己拆灶砖到寺外去造塔，一检查家里的老虎灶，被挖出了一个空灶膛。虽是佛法庄严，但民间传说回归了原生态的俗世生活。

隋塔所在的位置是国清寺东南面的祥云峰。国清寺坐落在北面八桂峰的向阳山坡上，其西北面为映霞峰，东北面是灵禽峰，东南面是灵芝峰。五峰深处的山坳之中，草木丰茂，温暖和煦，群峰环卫，苍林掩映，在婆娑树荫下，国清寺深藏不露，宁静而祥和。国清寺选址有着传统的风水美学意蕴。"宅幽而势显，地廓而形藏"，合乎传统的"四灵兽"（左青龙，右白虎，前朱雀，

双涧回澜

后玄武)的格局，五峰环抱，双涧回澜，环若列屏，林泉清碧，在摇曳的绿色枝影间，闪现出梵宫的碧瓦黄墙，疏朗的梵唱和钟磬木鱼的清响，让人领略到中国汉化佛教最大寺院的庄严与辉煌。

国清寺前有双溪合流而西，前立一碑，曰：一行到此水西流。一条发源于北山寒风阙的小溪，清清幽幽地绕过国清寺的照壁，与寺西南流之山溪汇合，再转而西流，成为双涧回澜——天台山八景之一。《国清寺志》《酉阳杂俎》载，唐朝天文学家张遂(一行)为编大衍历求师学算，到国清寺时，恰逢北山大雨，东边的涧水猛涨，夺流而出，蔚成奇观。

隋塔之下，七佛塔之后的山坡上，有一行墓塔，只不过一个小小的衣冠冢。七佛塔附近的转弯处，有寒拾亭，由此进国清寺，还得跨过双涧合流之上的丰干桥。寒拾亭和丰干桥是为纪念唐代诗僧寒山、拾得、丰干而建的。他们在国清寺里地位低微、生活寒蹇，却心智颖敏，精神潇洒，怡然自得，乐而不疲，让人悟到真正的慧根。国清寺的照壁有"隋代古刹"四字，为赵朴初所书，细细来看，这"隋"字竟然少了一个"工"，民间传说，当年日本人要来天台山朝圣，国清寺还是一个工厂，赵朴初题字的时候，故意少了一个"工"，要求把工厂搬走。其实这个"隋"字并没有错，在隋代为避讳早就如此这般"偷工减料"了。

清澈的溪水绕寺而过，清粼粼的湄岸，一边是红尘俗世，另一边是庄严净土，连接它们的通道自然是那座短短而狭窄的丰干桥了，丰干桥正对着大雄宝殿，桥那端的五浊恶气直冲着莲台的坐佛而来，使寺僧们不堪忍受，无法安禅。他们很无奈地砌了一堵照壁，遮挡了大路直对过来的煞气，就把世俗社会的喧嚣污浊

◎ 国清寺前教观总持照壁

与繁华屏蔽了。这合乎风水的意义，也多少影响到天台的民居建构。这世间孰清孰浊，本来就没有明显的分界的。禅坐这里的方外之人，会依然乐得清静吗？集大雅大俗于一身的国清寺，它的胸襟是博大而随和的。

国清寺的山门朝东而开，山门两旁镌刻有一副对联：

古刹著域中　创六代　盛三唐　宗风远播
名山传海外　倚五峰　临二涧　胜迹长新

前一句阐述国清寺悠久的历史，后一句描述国清寺的环境。这副对联的撰写者，是国清寺的一个僧人，释寒叶。

国清寺距今已经有一千多年了，与创建天台宗的智者大师有密切联系。智者大师即智顗，俗姓陈，字德安，出身于陈隋之际的一户显宦人家，原籍颍川（今河南许昌），出生于荆州华容（今湖北潜江），7岁时，曾听人诵《妙法莲华经普门品》，过耳不忘，

诵念如流，人称神童。18岁那年，出家为僧，20岁受具足戒。23岁到光州（今河南光山）大苏山，师从慧思大师，30岁到了金陵（今江苏南京）瓦官寺，讲经说法达八年之久。佛门世俗人家求师请益者络绎不绝。朝廷专门放假停止朝事，满朝文武大臣听他讲道。在金陵，智顗被尊为国师。他讲《妙法法华经》，门庭若市，但喧嚣热闹的市廛，令他难以清修，看到孙绰的《天台山赋》后，他想："若息缘兹（此）岭，啄峰饮涧，展平生之愿矣。"于是，在陈太建七年（575）九月，他带领二十几个人离开京都，登上榛莽未辟的天台山，遍寻深林，拜谒前人的遗迹，慕其亮节高风，后居住佛陇。佛陇附近有金地岭和银地岭。他得到了定光佛的指引：金地银地，智者宜住。智顗安贫乐道，到地里种菜，到林中采果，种苣拾橡，贫寒无戚，虽然贫苦，却矢志不渝。陈宣帝下诏把天台县一半赋税拨付给他，赐智顗修禅寺匾额，并派人供他调遣。借助朝廷的力量，智顗在天台山造了十二个道场，其中包括天封寺和华顶寺，石梁飞瀑边上的方广寺、真觉寺、修禅寺、禅林寺和太平寺。有一天，定光法师对他说：你可以在山脚下造寺庙，山下有一个天造地设的寺基。智顗说：我现在建造茅蓬都困难，何时才能成就啊。定光法师说，天下太平了，就有一个有大势力的人帮你建造。"寺若成，国即清。"

智顗初到天台山，只住了两年不到的时间。隋文帝开皇三年（585）三月，在陈后主的一再恳求下，智顗奔赴京城，为朝臣开讲《妙法莲华经》（又称《法华经》）。陈后主曾效梁武帝舍身入寺，致使智顗声名更炽。陈灭后，智者隐居到庐山。隋文帝开皇十一年（591），在扬州总管、晋王杨广恳请下，智顗在"千僧会"上，为杨广授菩萨戒，被杨广赐予"智者"称号。过了一年，智颛到荆州当阳（今湖北当阳）建玉泉寺，开皇十五年（595），又被杨广请到扬州。翌年，他回到了睽违多年的天台山。开皇十七年（597），智者又被杨广派来的使者迎请，离开天台山，临走之前，画好国清寺的图样，并在山麓定下木桩确定范围，叮嘱徒弟，以后按此图建寺，然后跟随使者上路，行到新昌石城山大佛寺时，身感不适，就在大佛前端坐，右胁西向吉祥而卧，亲笔修书一封致杨广："山下一处，非常之好，又更仰为立一伽蓝（佛寺）"，"不见寺成，瞑目为恨。"智颛圆寂之后，他的遗体返归天台山，安葬于佛陇真觉寺。

隋开皇十八年（598），晋王杨广根据智者大师的设计图样，命司马王弘入天台山督造天台寺，因有"寺若成，国即清"之说，改名国清。

智颛是真正的智者，名副其实的大师。伫立在丰干桥上，看桥南端，与"隋代古刹"对应的一堵照壁——"教观总持"，是晚清书法家王震的手笔。所谓的"教"即佛的教理，"观"即是观心观法，"总持"，也即是于一法之中，持一切法，于一文之中，持一切文，于一义之中，持一切义，从一法一文一义之中，总持无量法，念念不忘。二十几年前，国清寺法师这样对我说。

中国佛教门派中，天台宗、法相宗、华严宗、净土宗、三论宗、律宗、密宗、禅宗，如莲花的八叶花瓣，又如天台山的八重山峦。天台宗为佛教汉化之后的第一个本土宗教，它以天台山为名，以《妙法莲华经》为理论依据，智颛为陈后主讲经说法时，由徒弟灌顶记录整理成《法华文句》，在当阳玉泉寺开讲《法华玄义》《摩诃止观》。在扬州则讲《净名经疏》，回到天台山后口授《观心论》。据统计，智者大师著述共有 19 部 87 卷，其中，

◎ 寒山拾得亭

《法华文句》《法华玄义》《摩诃止观》，为天台三大部。智顗被称为天台宗四祖。他以《法华经》为根本，继承了初祖北齐慧文和二祖南岳慧思的思想，将"一心三观""三谛圆融"作为天台宗的重要义理。慧文从《大般涅槃经》中的"一切智""道种智""一切种智"，感悟到这三种"智"可以一"心"所得。从《中论》中读到"假、空、中""三是偈"中感悟"三谛"，由此产生一心三观之说，授给慧思。慧思结合《法华经》的义理，创立"性具实相"说，所谓的"如""如是"，就是实际，真如，是诸法实相，本性所在。"一心三观"，同时体现于"假、空、中"三观。智顗更深入一层，只要取假观，一切皆假，取中观，一切皆中，取空观，一切皆空。

只有"一心三观"，才能"修习止观"。"止"就是"禅定"，"观"就是"观慧"，"止观"也就是定慧双修，是佛法最高修正的原则。智顗将"一心三观"发展为"三谛圆融"，所谓的"谛"就是真理，亦即真谛，佛家云"苦集灭道"为"四圣谛"，天台宗除阐述"四圣谛"之外，还强调一个"俗谛"。"俗谛"是假谛，"真谛"是"空谛"，加上"中谛"，合为"三谛"，它们是互相兼顾融通的。"三谛"表明：烦恼即菩提，生死即涅槃。

智者大师提出了"一念三千"的思想，亦即《法华玄义》中所说，游心法界，观根尘相，对一念心起，于十法界中必属一界，若属一界即具百界千法。一心具十法界，一法界又具十法界、百法界，一界具三十种世间，百法界则具三千种世间。此三千在一念心。

天台宗以五时八教作为判教的理论。根据《法华经》的记载，智顗在《法华玄义》中，将释迦牟尼的一生说法划分为"五时"：华严时（释迦牟尼刚成佛三七二十一天讲《华严经》）、阿含时（释迦佛在鹿野苑十二年讲授《阿含经》）、方等时（释迦佛在鹿野苑

© 七佛塔

八年讲授《方等》经）、般若时（释迦佛在方等时后二十二年讲授《般若》诸经）、法华涅槃时（释迦佛在般若时后八年在法华会上讲述《法华经》和涅槃寂灭前一天一夜讲述《涅槃经》），将佛陀的说法方式分为化仪四教，即顿（对根基深厚的人，讲述别教圆教大法，如华严时）、渐（对根基浅者循序渐进讲述阿含、方等、般若时之法）、秘密（对不同的根机的人，分别讲述秘密教法，或顿悟，或渐晓，互不相知）、不定（即在一会上说法，闻者有各自的理解，各得其益）；将佛陀的教化方式分为化法四教，即藏（小乘三藏，即经律论）、通（也就是诸部《般若》，"即四空无生"四谛，通于三乘）、别（为菩萨等众讲述的《方等》经典，有别于小乘和圆教）、圆（即《法华经》，为圆满之教，三谛圆融）。用形象的表达就是化仪四法如同"药方"，但还需化外四法的"药味"起作用。这样条分缕析，就不紊乱，化繁为简，复杂关系一下子厘清了。

智者大师把玄奥无比的佛门学说一下子变得简洁明了，完善具化了佛教的义理，在佛教教义和受众之间搭起了一座智慧的桥梁，驾起了一叶载渡之舟，引领人们进入伟大智慧的彼岸。

因为首创天台宗学说，智顗被尊为"东土迦文"，在东土地位如同释迦牟尼。日本著名学者池田大作的《我的天台观》则把智顗称为天台：天台立足于中国古代诸多思想和佛教思想的汇合处，使中国佛教形成了一个能动的体系。中国人的思考缜密而深邃，用长远的目光把握事物，不急于求成，大概是受了天台思想的影响。天台建立的教学体系，在近三千年的佛法史中始终保持着最高的水平，如果用中国的山来作比喻，会令人想到人迹罕至的昆仑山，中国佛教作为一种理论，在天台已经达到了高峰。

池田大作说：天台也许可以称为日本佛教之母。池田大作虽著述《我的天台观》，但没有亲身到过天台山国清寺。在书中，他与井上光央、石黑东洋说起天台时，就复述了井上靖的小说《天平之甍》中讲述鉴真与两名日本遣唐使进入天台山的文字：

……一行直奔天下的圣地而闻名的天台山。山高岭峻，路途遥远，天黑以后又下起了雪。雪片打得他们睁不开眼睛。第二天，一行又走了一天，爬过中岭，越过深谷，日落时进入了国清寺。

荣睿、普照进入了天台山以后，感到好像看到了阔别祖国的山。重重叠叠的山峦上，郁郁苍苍地丛生着松树、柏树和楠树。

一行挂褡（挂单）在国清寺，在山中巡视圣迹三天。在深谷、险峰和繁密树林中接连露出的宝塔王殿，壮丽夺目，令人感到使天台名闻天下的孙绰的《天台山赋》，

也未能道出其万分之一……

唐天宝元年（742），荣睿和普照受命到扬州大明寺，诚邀国清寺章安大师的再传弟子鉴真东渡传戒。鉴真虽受其邀约，但未践约出行。天宝三年(744)鉴真第四次东渡，带去了天台三大部，跟随鉴真东渡的，有天台宗僧人思托。鉴真第六次东渡，到了日本，驻锡于东大寺。

出生于日本近江滋贺县的最澄和尚，14岁出家于此，被受具足戒。他怀着满腔的虔诚，拜读"天台三大部"，不由自主地

◎ 一行到此水西流碑

◎ 僧人每天的扫叶也是修行，让自己的内心脱离尘埃，获得清净

生发出登天台山、拜谒祖庭的宏愿。贞元二十年（804），他与空海（弘法大师）乘海船，带着译语僧义真，一起泛浪而行，9月1日，来到了与天台山相邻的明州（即现在的宁波）。

9月26日，最澄到达了台州，并将携来的黄金与珍宝等礼品呈给台州刺史陆淳，但被陆淳婉言谢绝了。最澄将所有的黄金礼品变卖了，购买纸张笔墨，在国清寺住了下来，虔诚地抄录天台宗教典，并跟随佛陇真觉寺行满法师、天台宗第七祖修禅寺道邃法师、禅林寺翛然法师和惟象法师，一同修习天台宗教义。

在国清寺里，最澄住了大半年，于公元805年5月从明州下海，驾舟返回东瀛。台州刺史陆淳等人设茶宴饯行，行满大师作离别诗：

异域乡音别　观心法性同　来时求半偈　去罢悟真空
贝叶翻经疏　归程大海东　何当归本国　继踵大师风

　　最澄回国创立日本佛教天台宗，在比叡山麓建构延历寺，其结构仿照天台国清寺的样式，为日本佛教天台宗的祖庭。池田大作说，比叡山成为日本佛教乃至日本文化的诞生地。与最澄同行拜谒天台山国清寺的圆仁大师，创立了日本的净土宗；而包含天台止观学说的日本禅宗，则由宋代时登临天台山的荣西和道元大师离开比叡山后创立的，僧人日莲以比叡山法脉创立了日本佛教日莲宗。

　　为感悟天台远播的宗风，我径直走上国清寺大雄宝殿之后，在药师殿的东侧，中日天台宗显彰碑亭赫然在目。此亭建造于1982年，是日本天台宗信徒的报恩之作，亭内有匾，曰：法乳千秋，为中国佛教协会会长赵朴初所书。天台宗的智慧滋养，如母亲的乳汁一样，千载不断。亭内立碑三通，中为"天台智者大

◎ 智者大师显彰碑亭

◎国清寺山门殿

师赞仰颂"，左为"行满座主赠别最澄大师诗碑"，右为"最澄大师得法灵迹碑"。这三块碑文正面文字为赵朴初所写，背面碑文则由日本天台宗座主山田惠谛所书。据说在竖碑时，绳索突然绷断，碑身从空中坠落，并没有被摔得支离破碎，而是端端正正地轰然一声插入碑座的孔穴之中，浑然一体，这也该算是天台宗的殊胜因缘吧。

从碑亭上行，即到智祖院。院内所供奉的智者大师像，为青铜铸就，外贴真金，2.5米高，1.5吨重。身后塑有定光佛招手引导他居住安禅佛陇的故事。从西侧左转，经过观音殿，进入中韩祖师纪念堂。这座建筑是1995年建造的，是带着浓郁明清风格的歇山顶建筑，中间供奉智者大师，左边为义天大觉法师，右侧供奉上月圆觉大师，妙相庄严。

天台山国清寺为韩国天台宗的祖庭，也可追溯到南朝陈时，与智者大师同在慧思门下学习《法华经》的，有新罗僧人玄光法师。唐代新罗僧人法融、理英、纯英三人来华，拜在天台山左溪大师门下。继后又有韩国僧人悟空在国清寺学法，建新罗院。宋时高丽僧义天，来到了天台山国清寺，韩国佛教文化史翻开了崭新的一页。义天俗名王煦，是高丽国王的四太子。11岁时遵父亲之命剃度出家，几度要求到天台山求法，但未准许，他说天台三观为最上乘，此土宗门未立，甚可惜也。高丽宣宗二年（1085）又要求入天台山，但仍未批准，就急不可耐地瞒过父母，修书一封以明志，搭乘韩国来华的商船，他在杭州天竺寺聆听天台法语，过了一年父母修书一封，称国母仁睿太后病危，为行孝道，义天离开浙江回国，在临行之前特意上天台山，拜谒智者大师的肉身塔，宋元祐元年（1086）搭乘商船归国，担任韩国兴王寺和仁睿太后的愿刹高丽国清寺的住持，修习宣讲天台止观法门，高丽肃宗六年（1101）后创立高丽天台宗。上月圆觉法师是韩国天台宗的中兴之祖，他俗姓朴，名淮东，是江原道三涉郡人，1942年到达中国，曾到天台山拜谒智者肉身塔，1945年归国，在小白山结茅修持，信众云集，后来他的居所化为韩国最大的寺院——救仁寺。

走过中韩祖师纪念堂，稍下几级台阶，则见到一处日本日莲宗信徒所建造的妙法莲华经经幢。此经幢取材于天台山本地出产的绿岩，精雕细琢，经幢正面的"南无妙法莲华经日莲"的字样，为日本日莲宗创始人日莲上人的手迹，日本日莲宗信众公认天台国清寺为其祖庭。

伫立在国清寺大雄宝殿后的松林里，瞻仰天台宗祖师显彰碑亭和日本日莲宗访华团建造的妙法莲华经经幢，我总觉得国清寺

独特的文化氛围，有着别处寺院所不能具备的尊荣。

国清寺是天台山的，是中国的，也是世界的。

在智顗创建的十二座道场中，国清寺是最年轻的。杨广不仅督造国清寺，还亲题匾额，是一件幸事。隋代虽然很短暂，很快被大唐替代了，但国清寺由此延续了两百多年的兴盛时光。唐元和年间（806～820），身为宰相的地理学家李吉甫就把国清寺与齐州（山东济南）灵岩寺、镇江栖霞寺、江陵玉泉寺并称"天下四绝"，宋人洪适有诗为证：

物外千年寺　人间四绝名　两廊诸岳色　九里乱松声
海气标僧院　秋钟彻县城　夜来疏磬断　月影遍楼清

在唐朝晚期，诸多宗教派别的兴起，天台宗情势暗淡起来，幸有中兴之祖湛然法师，创立了"无情有性"一说，给岑寂的天台宗增添活力，引入了清新的空气。宗教若没有俗世政治权力的

◎ 此岸彼岸，桥亦如渡：一个僧人走过丰干桥

◎ 山寺绕香烟

支撑，或生或死，一切难以预料。唐会昌五年（845），武宗李炎下诏，捣毁国内佛教寺院，国清寺首当其冲，遭到了灭顶之灾。僧人被勒令还俗，寺产充公，充当两税徭役。国清寺建筑被拆殆尽；幸存于世的隋炀帝和智者大师的真迹，是在废墟瓦砾中发现的。武宗退位后，唐宣宗即位，立即下诏恢复重建国清寺，称为"大中国清之寺"，"大中"即唐宣宗的年号。六年之后国清寺又得以重生。当战乱频仍的时候，国清寺也屡遭兵燹，幸有五代时德韶大师重兴梵宇，在大殿和山门上各建造一座砖塔，请吴越王钱俶派人到日韩等国求取散失的天台宗典籍，国清寺得以重兴。

时轮转到了宋代。景德二年（1005），国清寺获得宋真宗所赐万两黄金，得以大修，诏改名为景德国清寺。建炎二年（1128），国清寺又得到了一次重建，建炎四年（1130），皇帝将国清寺改为禅寺，列为"五山十刹"之一。所谓的禅院五山，即杭州的径

山寺、灵隐寺、净慈寺，明州天童寺和阿育王寺，十刹除了天台国清寺外，还有杭州中天竺寺、乌程（湖州）万寿寺、建康（南京）蒋山太平兴国寺、苏州吴县报恩光孝寺、浙江奉化雪窦寺、温州江心寺、福州侯官（泉州）雪峰寺、浙江婺州（金华）兰溪宝林寺、苏州吴县虎丘灵岩寺等，是享有朝廷赋予特权的建筑宏大的寺庙。而天台本宗另设教院五山十刹，与之颉颃，在当时也是声名显赫的禅林。南宋高宗赵构，偏安于临安（杭州），最后却被金兵追赶，急急如丧家之犬，仓皇逃过天台山，驻跸椒江枫山清修寺。他和他的母亲韦太后信奉禅宗，又特意下旨将国清寺改为禅寺。在很长的时间里，国清寺脱离了天台宗的讲寺模式，直到宋代灭亡后，元成宗元年（1295）赐玺书，国清寺才恢复为天台宗的讲寺性质。明代开国皇帝朱元璋执政后，又把讲寺改为禅寺，一改就是560多年。20世纪30年代，国清寺渐渐衰颓，但在谛闲法师和静权法师的力争下，重振了佛教天台宗的祖庭地位。国清寺，在禅宗和天台宗之间如钟摆一般晃荡着。

呈现在我们眼帘的国清寺主体建筑，是清代雍正年间（1723–1735）建造的。康熙皇帝执政初年就酝酿修造国清寺，但费用还是久久没有着落，直到雍正十一年（1733）才得以解决。国清寺重建期间，雍正皇帝赐予《龙藏》一部，庋藏国清寺中。国清寺的乾隆御碑中记载，寺院重修于雍正十一年的三月，于乙卯年（1735）八月宣告完成，在此间，雍正猝然驾崩，死因不明。这一年的九月初三，乾隆皇帝即位，龙碑碑文也得劳驾乾隆皇帝亲手动笔了。自从这次大规模重修后，国清寺又安静地在幽林深谷之中度过了几个世纪。

几百年如同转瞬，顷刻间成了过眼云烟。"十年浩劫"时期国内文物纷纷损毁，国清寺遭到劫难。寺外寒拾亭边原七座空心石塔也被捣毁，一个不剩，现在所见的则是新修的。当时，隋塔塔基下的砖块被个别村民偷偷挖去，形成一个很大的坑，因担心塔倒砸伤砸死自己，他们不得不重新填回去。国清寺方丈澹云法师被人当作特务分子抓了起来，放生池鱼乐国的水被抽干，虽没有搜出反动透顶的"发报机"，但水族们全被革了命，成为一些人餐桌上的美味佳肴。寺里的僧人被编成一个生产队，种田养猪。寺院里的铜钟被拿去换成铜材，佛像和法器与文物全被砸得稀巴烂，国清寺围墙外东西两侧的林地和耕地盖起了丝厂的厂房和宿舍，寺里不少房子被占用了。

没想到否极泰来，1972年9月25日至29日，日本田中角荣首相访华，29日两国政府发表联合声明，实现邦交正常化。据说田中角荣的母亲是天台宗虔诚的信徒，他动身访华之前，母亲要他代自己到天台山国清寺朝拜祖庭，当田中角荣首相表示这个愿望后，周恩来总理与天台县有关部门联系，得知国清寺一片破败，根本无法接待。他婉言对田中角荣首相说，天台山上的道路和国清寺建筑正在整修，时间紧张，来不及安排，田中角荣首相明白中国当时的现状，也不说多话。

1973年，受周总理指示，国家外交部和宗教局一行四人，到天台山实地了解国清寺现状，写出专门报告。经周总理的批准，天台县设立了修复国清寺的专门机构，并专人到北京汇报情况，北京文物管理处、北京故宫博物院、雍和宫、国家文物局等给予大力支持，一些珍贵的文物被调拨运至天台，一共有109件，用整整两节火车装运，其包装所用的木材就用了约70个立方。其中，就有国清寺大雄宝殿的那尊总高4.5米、总重13吨的释迦牟尼莲花座青铜空心佛像，该佛像铸造于清代，带着藏传佛教造像的艺术风格，是中国佛教文物的珍品。当时，进京人员牢记国清寺大雄宝殿的规模：通面宽加走廊 34.03 米，进深加走廊 22.6 米，脊高 16.70 米，总建筑面积 769.08 平方米。一看，这尊佛像安放进去正合比例，喜不自胜。

我曾听到过当年安放这尊巨大佛像时的情景：它被运到国清寺前，无法越过寺前双涧回澜，为了避免建于北宋时期的丰干桥被压垮，有关技术人员在双涧之上重新搭建临时桥梁，在不损坏原有建筑的前提下，利用起重机、滑轮、滚木、钢管等器械，将连底座的佛像运到了大雄宝殿，安放前后花了一个星期的时间。当人们从拜垫上瞻望这尊大佛的时候，看见佛的眼睛低垂。而在地面上瞻仰时，发现佛的眼睛正在温和地凝视着你。

国清寺环境幽静，空谷之中呈现出一处庄严佛净土。

早年我在天台县城工作，闲暇之际，总是爬上隋塔后面的山

◎ 清净

冈，遥望幽谷中的云彩和霞光，俯瞰林影掩映的国清寺，蓦然发现，国清寺的建筑结构是对称的，是严格按照中国汉化佛寺建筑法则营造的。它有一条中轴线，自南而北，弥勒殿、雨花殿、大雄宝殿、观音殿；依着山势逐一抬升；西一轴线则是安养堂、三圣殿、止观堂、妙法堂（藏经阁）、中朝天台宗纪念堂。西二轴线为罗汉堂、伽蓝殿、玉佛楼。东面的房屋为僧侣的生活区，东一轴线是延寿堂、聚贤堂、方丈楼、迎塔楼、祖师殿，东二轴线有书法寮、客堂、大彻堂、修竹轩、吉祥楼。它的结构是够宏大繁复的了，但布局合理严谨。

鳞次栉比的殿宇，纵横交错的廊檐，玲珑剔透的翘角，伴着四山升起的翠岚，一种神秘、一种圣洁、一种庄严，在风雨阴晴月圆月缺中，四处弥漫，在香烟缭绕烛光摇曳的时分，我进入古典的宗教音乐中，浮荡着、凝视着，一种悲天悯人的博大情怀，明澈、纯净，似雾如水般地漾动。

国清寺的门票始终坚持 5 元，雷打不动，延续了二十几年，5 元，在城市里不够吃一碗面，但在国清寺，能让人全身心融入山林空谷庄严佛净土之中，享受智慧法雨的滋润。而今全部免费开放，连 5 元的门票都不要了，吃一餐 2 元的素斋也可以饱肚。

转过山门，进入第一个大殿，笑容可掬的弥勒菩萨迎我而来。这个五代时生活在天台山附近奉化县名叫契此的僧人，与四川乐山的弥勒佛完全不同，他临终时说过"过弥勒真弥勒，化身千百亿，时时度世人，世人皆不识"的偈语，被人当成了真弥勒。心宽体胖，胸襟博大，随意坐卧，得大自在，笑容可掬，与人为善，随遇而安。弥勒的背后是韦驮——所有佛寺的护法神。他手持宝杵镇魔军，是为了天下的清平。其实人们心中的魔最难镇住，最不清净，所以国清寺里不但要韦驮执法，还需要密迹金刚和威迹金刚充当助手，此两金刚俗称哼哈二将，鼻孔和嘴巴发光喷气以示愤怒，引导人们诸恶莫作，众善奉行。出弥勒殿，见东侧有钟楼，所藏高 1.75 米、直径 1.34 米，清嘉庆年间的青铜之钟，声震十里之遥，西侧为鼓楼，藏直径 1.35 米牛皮大鼓，除了号令僧众之外，更有警励世俗沉迷之效。暮鼓晨钟，响彻山谷，阳光云影和所有的山崖树木枝叶、所有人心都因此震动激荡，整个山谷仿佛成了一口洪钟。

据说隋代时天台山发生了瘟疫，天台宗第五祖章安大师为朝廷虔诚礼拜水陆法会，感动天上天下所有神灵，天降花瓣之雨，瘟疫祛除。雨花殿实为天王殿，供奉四大天王：东方持国，南方增长，西方广目，北方多闻。他们所执之法器，剑无鞘（风）、琴无弦（调）、伞无骨（雨）、蜃无鳞（顺），赋予国泰民安的吉祥意义，凸显国清寺名的意旨。穿过天王殿，即到大雄宝殿。大雄即威德无量法力无边，是对释迦牟尼的尊称，释迦佛端肃庄严，阿难和迦叶侍立两旁。东西两侧为十八罗汉，释迦佛身后，为南海鳌鱼观音，据说鳌鱼一翻身，引起大地震动，观音手持净瓶，遍洒甘露，其身后影壁上则塑有普陀海天壮阔的景象，左上方则是云峰隐约的天台山。佛书记载，日僧慧锷从五台山请去一尊观音像，用船载渡返回日本，经过舟山普陀出海，忽然海上出现许多铁莲花，挡住去路，慧锷只好返回，在普陀山建寺供奉此像。观音菩萨登上山头就看到天台山，双脚一蹬就跳过来，于是普陀山上有了观音跳奇景，国清寺里有漏沙锅古物。国清寺的罗汉造塔造桥比赛输了一次，见观音来了，就让她烧饭，故意将锅底戳了一个洞，观音用手一抹，大锅漏沙不漏水米。据说民国年

◎ 大雄宝殿

间，这口漏沙大锅还在，煮一锅饭可供几百个僧人同时食用，是国清寺镇寺之宝。李提摩太在他的回忆录中也提到了它。

大雄宝殿东边一棵隋代梅树，是灌顶大师手植的，为中国的五大古梅之一，也算是国清寺众树的尊者了。在"十年浩劫"时隋梅枯萎了，落尽了花叶，躯体扭曲着，没有丝毫活气。太平盛世，古寺重光，梅树竟然起死回生，焕发了新的生命，不但开出花朵，而且结出果实。树犹如此，人何以堪？

大雄宝殿的后上方，为药师殿，供奉东方三圣（"三宝佛"）：娑婆世界（我们现在所处的当今世界）教主释迦牟尼佛，东方琉璃世界的教主药师佛和西方极乐世界的教主阿弥陀佛。药师佛也称作药师琉璃光如来、大医王佛，他的净土是东方琉璃世界，身为蓝琉璃肤色，右手持药珂子连枝带叶，左手定印托钵，钵中蓄满甘露，除一切众生病痛，令身心安乐，使一切众生避免恶王劫

贼横生灾难，使一切饥者有其食、渴者有其饮、贫者有其衣，通过自己的劳动，为人们排忧解难，离苦得乐，亦为消灾延寿药师佛。可见佛的真正精神在于苦干脚踏实地的行动。药师殿之上为观音殿，观音与药师佛本是一样，大慈大悲循声救苦救难，也是一种理论与实践的结合，善心善言善行，三者不可偏废，以自身精进之行为，引发一切真善，从自身的清净，浸染世界的大美。

自中日天台宗祖师显彰碑亭和中韩天台宗祖师纪念堂西转，我逐级而下，进入国清寺的西一轴线，下行进入妙法堂。妙法堂与东厢的回光楼和西厢的返照楼组成了一个小院，如果在雨天来，山雨坠落庭前芭蕉，宛如轻叩木鱼。妙法堂前有痒痒树两棵，据说用手轻抓树身，整棵树都会颤动，其实不是树动，不是风动，不是手动，而是搔者心动。它的学名叫紫薇。

妙法堂是宣授天台宗教义的讲堂。堂内正中悬挂一匾曰"台宗讲席"，为大名鼎鼎的浙江奉化人蒋中正（蒋介石）的手笔。据说蒋介石的母亲在国清寺居住过，蒋介石的侧室姚怡诚也在这里举办过千僧会法会。匾下为智者大师的画像，供奉佛像法器若干。另有听经席位多排，开讲时寺内钟鼓齐鸣。妙法堂为二层楼，楼上为藏经阁。藏可两解，一念收藏的藏（cáng），一念唐三藏的藏（zàng），所谓三藏，即为经、律、论三大类，国清寺藏经阁中藏有清代皇家恩赐的《龙藏》一部，以及明代僧人以舌血所写的经本。另有来自印度的《贝叶经》，即写有文字的贝多罗树的叶片，这《贝叶经》原藏高明寺，后藏国清寺，据考证，写的是印度大戏剧家迦梨陀娑诗剧《沙恭达罗》的片段，郑振铎由此考证，天台山附近为中国南戏的发祥地，其戏曲的体例是由印度输入过来的。

　　如果说，妙法堂和藏经阁是理论的话，那么，妙法堂前面的止观堂就是实践，智顗很形象地说，止（禅定）与观（就是观想智慧），相互兼顾，就像鸟的两翼、车的两轮，如果偏重止，不注意观，就是愚，如果偏重观，不注意止，那就是狂。

　　止观堂是九开间的小楼，建于明代，其西为栖莲居，其东为影堂，与南边的供奉阿弥陀佛、观音菩萨和大势至菩萨的三圣殿，组成了一个小小的院落，这里非常幽静，鸦雀无声，最适合静虑坐禅。院中的几棵桂花树，枝影婆娑。三圣殿南为安养堂，穿过小院，见一僧人在午后阳光中打盹，什么也不想，什么也不做，神色安详，真的有止观安养的感觉，止观不就是这个安吗？

　　自三圣殿西侧，进入国清寺的西二轴线，规模仅次于大雄宝殿的罗汉堂赫然在目，五百罗汉组成了一个大社会，罗汉以香樟

木精雕细刻，外饰真金，或安静，或嬉闹，或露出孩童一般的天真，或挤眉弄眼搞怪，倒显得真切自然。罗汉堂和玉佛阁是20世纪的新建筑，与国清寺老建筑浑然一体。玉佛阁为最高点，阁内的玉佛高1.3米，重320千克，为台湾天台宗高僧、玉泉山法济寺的慧岳法师从缅甸请来，雕琢传神，工艺精美，为上乘佳作。转到玉佛阁后，我看到柳公权的"大中国清之寺"和黄庭坚所书的寒山诗"重岩我卜居"、米芾的"秀岩"、朱熹的"枕石"等书法摩崖。字迹早已漫漶，与古寺一样历经沧桑。

我转到人们寻梦的山王土地——供奉周王太子晋（王乔）的伽蓝殿，王乔是道家的装束，是华夏王姓人的祖先，曾拜天台浮丘公学道，乘着白鹤飞升，在天台山留下了"白鹤镇""白鹤殿""飞鹤山""鸣鹤观"的古地名，据传王乔被智者大师感化，授予大戒，就像智者大师教化关公的灵魂一样。

智者大师怎样授予王乔三皈五戒的，不得其详。因为天台宗的影响，王乔作为山王土地的神灵，传到东瀛，受到日本国人的尊崇，日本人将他与当地的明神信仰结合起来，形成了山王一实神道，也称为天台神道。王乔成了日本比叡山的守护神，在日本，他比本土的日照大神还要声名显赫。日本人认为，山字三竖一横，王字三横一竖，都体现了天台宗"三谛圆融"思想。

王乔像药师观音一样，救人救难，无处不在，赐予人们的幻梦世界，成了一尊美丽的梦神。伽蓝殿是求梦的圣地，远近民众都到这里睡上一宿，在睡梦中得到神的昭示。原先，这伽蓝殿位于隋梅边上梅亭地方，1964年5月12日上午，郭沫若游到伽蓝殿，见人满为患，写诗："塔古钟声寂，山高月上迟。隋梅私自笑，寻梦复何痴。"前面两句优，后面两句劣。我来现在的伽蓝佛殿里看不到歪七倒八横卧的寻梦者。

我转到鱼乐国，一个鱼满为患的放生池，一个圆形的池塘，不时有金色的鱼儿跃出水面，它们高密度地聚集在一起，你挤我挨，耗费着水中微薄的含氧量。池塘西侧，有亭依然，称为清心亭，上有一副对联道：石上清泉，松间明月。山光鸟性，潭影人心，借用王维和常建的诗意，看着拥挤的鱼儿，想到俗世中的市廛生活，一切宛如幻梦。我们的人心会清净吗？这山水丛林会让人心清净吗？

走出鱼乐国，转出一座小门，向东，经过钟楼，到了僧人们起居的地方。

我进入东一轴线。首进为延寿堂，是一处两层建筑，是僧人们做佛事巅峰主要场地。聚贤堂，是僧人们用斋之所，僧人用斋，非常庄肃，就餐前皆念经，感念佛恩，发愿让所有生灵皆有食果腹，各得安详。每人一菜一饭，堂上有匾云：量彼来处，当思饭食来之不易。国清寺有很多山林田产，历史上一直提倡农禅并举，僧人一边耕作，一边修习止

◎ 远眺隋塔

观，自给自足。1973年，国清寺钢经过整修开放，僧人在佛事不繁忙的情况下，则常下田地干农活。现在佛事多，农事山林则雇佣民工。客堂中有知客僧接待大众。

聚贤堂的后面则是方丈楼，是寺院住持起居的地方，房间一丈见方，故住持僧又称方丈。僧伽出家了，就四大皆空，无所欲求，全身心投入佛事之中，在起居中，显得真正的清净庄严。

方丈楼之上的迎塔楼，建于1934年，1936年由蔡元培题匾。这是一座西洋式的建筑，推开窗门，眼光越过鳞次栉比的殿宇屋脊，正对的就是树林中矗立的隋塔，这里视线开阔，环境幽雅。楼前樟树浓荫摇曳，是唐代僧人手植的。穿过迎塔楼，走过修竹轩，宾客在此吃饭，非常方便。修竹轩之前，是大彻堂，是坐禅的地方，也是传戒的所在，电影《少林寺》中，觉远和尚的受戒镜头就是在国清寺的大雄宝殿上拍摄的。方丈问，"尽形寿，不杀生，能持否"，答"能持"，传戒是类似宣誓的仪式。国清寺的僧人受戒在大彻堂，大彻大悟才受戒，受戒了才大彻大悟。戒是律条，是铁的纪律，是高压线，一旦犯戒，轻者训诫，重者逐出山门。

大彻堂之南是厨房，僧人称之为香积厨。国清寺素斋有素鸡素火腿之类，名荤实素，声名在外，纪录片《舌尖上的中国》也专门介绍过。许多游客到国清寺，总是千方百

◎ 清心亭与鱼乐国

计地品尝它，感受到方外的滋味。香积厨之东，为卍字楼，在佛教中，卍是一个吉祥的符号。此楼的设计者是天台乡贤、著名的建筑学家陈干先生，新中国成立初期他曾参加天安门广场的规划设计。卍字楼中有彩电，可淋浴，完全世俗化了，其设施与隔溪相望的天台宾馆不相上下，但起居佛寺里，还得按照寺院的戒律来，一是对佛门的尊敬，二是为了自身的清净庄严。

国清寺确实是一片清净庄严佛净土。它的建筑是辉煌庄严的，但茂密的山林却为它提供了一个至美的环境。在这里，茂盛的古树佐证了天人合一的境界，体现了山水自然和宗教生活的和谐精神。国清寺是中国汉化佛教寺院最美的地方。

国清寺的山林是很完美的，寺里寺外名木古树数不胜数，在香烛的蓝烟和红火中，头顶一片苍穹和绿荫，翠绿的树木烘托出国清寺特有的宗教氛围，让我闻到幽林中渗透的浓郁的檀香气息。山峰宁静安谧，山风清凉幽邃，晴天丽日时，看枝丫漏下的细碎阳光，烟雨迷蒙时，则沐浴着晶莹的坠露。

国清寺周遭的树林全是逼人的翠绿，不管你在什么时候来，你沐浴的在这醉人的绿荫里。山路元无雨，空翠湿人衣，滋润你的就是绵绵的和风细雨，还有金色琉璃瓦下的木鱼钟磬声。

本章文字写成后，我请教当年参与国清寺修整工作的专家许绪恩先生，得到他的审阅订正。对此我感激无尽，内心充满喜悦。

佛陇高明：松风响彻梵音

国清寺周边有大片的森林，是天台山的奇迹与幸运。自国清寺到金地岭一段路，时见古松耸天，时见清泉激越，每当云起，树木隐约，连空气中都带着松香的味道。潘耒诗云："十里松风九里泉，徐徐送客上青天。要知华顶高多少，已觉群峰贴地眠。"走在金地岭通向佛陇的浓荫古道上，山风扑面，水声盈耳。"山中一夜雨，树杪百重泉"，穿过十里松风，"却顾所来径，苍苍横翠微"。

传说接引智者在佛陇居住的定光法师，就住在真觉寺，有一天，师父命定光到天台城里担米，定光法师担着米一摇一晃走上金地岭山路上，他歇下来，信口念出一首诗：

脚踏金地两头摇　　身背白米汗淋腰
师父不是真佛骨　　半粒白米难承消

脱口而出充满禅意的二十八个字，被师父老早写在山门上了，定光一进门，师父训他，无礼，犯上，谤佛，一脚踢出山门。定光佛住在山溪之畔，居住岩洞，煮石为食。师父看他，吃着山毛芋，自己拿来塞到嘴里，却是硬梆梆的石头。师父知道，徒弟比他早成正果。于是真正地觉悟了，寺名也改为真觉。

实际上，真觉寺是在宋大中祥符元年（1008）起的名。

真觉寺位于金地岭再往北三四里的地方，人称太平。路旁全是悬崖深谷，翻一块石头下去，它肯定会噼里啪啦滚落，砸穿谷底塔头坑村的屋顶。天台山上的树木都砍伐殆尽，唯有国清寺、塔头寺和方广寺、华顶寺、高明寺留了几片绿荫，也许是佛的殊胜因缘。

塔头寺坐落在山顶的松林中。天台山有四绝，曰：华顶的云，高明的钟，万年的柱，塔头的风。塔头的风呼啸凛冽，山冈东西皆为深谷，毫无遮拦，风声林涛，长盈于耳。智者大师圆寂前吩咐徒弟，要把他安葬在这里的西南峰上，周围堆上石块，旁边栽上树木，再在寺内建造肉身白塔。他在新昌大佛寺圆寂后，弟子将其肉身请回，建造了智者肉身塔，供奉舍利子，塔外再造大殿，深得山居风味，塔院内所立的修禅道场碑，为唐元和年间的遗物。

在民间，真觉寺也叫塔头寺。它正宗的称呼为智者塔院。

智者塔院东面原有太平寺、大慈寺遗址，现在已经辟为农田了。不远处一块圆圆的大石，就是智者大师的说法台，石上的题字是海灯法师镌刻的。20世纪40年代末和50年代初，来自四川江油镇的俗名范无病的僧人居住在塔头寺，在课习之余教授附近农家子弟习武学文。民间传说，海灯法师可以在屋檐上倒立二指禅，一手以二指戳着瓦楞跳着走，一手把瓦楞上的瓦片抽出来，而丝毫不损坏瓦片。他在《少林云水诗集》中，写到石梁华顶诸多地方的清修生活，"一亩山田险径横，老农指点趁春耕。学剑读书成何事？今宵始见月色明"，深蕴禅悦。海灯法师于20世纪50年代离开了天台山，后来辗转去了嵩山少林寺。

宋代淳熙年间（1174～1189），日僧荣西法师曾修复了塔头寺，此后记载寥寥。塔头寺屋舍就像农家山居小院。从一处竹林山坡上

◎ 智者塔院

去，则是朝南的山门，对面照壁，下有竹篱笆，上书"即是灵山"四字，驻足凝想，蓦然心即灵山的奥妙。自山门拾级而上，进天王殿，悬有"释迦再现"之匾，为曾国荃题写。我看到的是一个小巧的庭院，北面五开间的主殿，供奉智者大师的肉身塔，肉身石塔高5.25米，非常精致玲珑，表明了天台本是大乘佛教的正宗，同时，也表示这是天台智者大师的真身宝塔。殿内的"东土迦文"匾额，与"释迦再现"的匾额相呼应，可见智者大师在中国佛教界的尊崇地位，在人们的心目中，他是东土的释迦文佛。壁上悬挂十四位天台宗祖师大德的画像，也以独特的方式彰显着天台宗的历史。

从大殿往东，瞻仰了修禅道场碑后，到了山石砌成的东山门。"登峰始识天台寺，入室还寻智者龛"，这副对联为清代学者阮元所题，体现了这塔院的特色与精神。寺外有三座天台宗大师的墓冢，其中唐代荆溪、湛然大师是真身墓，章安大师之墓为衣冠冢，与寺院东边的日本天台宗信徒建造的报恩心经奉纳塔遥相呼应。真觉寺，是佛教天台宗的发祥地的核心地带，是人们心目中真正的圣境。

几年前，这里原是天台山佛学院的所在，就学的有来自全国各地的年轻僧侣。因为场地受限，佛学院就搬到万年寺去了。朋友朱宏伟在这里为僧人讲授书法，平日里，他和僧人们一起修习止观，每当夜里，端坐或伫立着，凝视山下天台城的闪烁灯火。这里比较开阔，气场特好，是修身养性的好地方。在塔头寺伫立，视野非常开阔，可看朝日，可望落霞，可俯瞰小城人家，可领略田园风光。

◎ 智者肉身塔

在真觉寺小住，久久徘徊，感触良多。我终于看清山谷中层层的梯田和葳蕤的树木，还有朝阳中浮荡的殿宇。浓绿的树冠间现出的一抹黄墙一角飞檐，足令我神往的。朝霞的神光早已把它融合在一片辉煌之中。

那里是高明寺，幽谷中深藏的高明寺。高明寺，素以清幽著称。一条幽溪，极尽山水精妙。高明寺坐落在幽谷之中。伫立立在佛陇岗首，右手一指金地岭，左手一指银地峰。

高明坐北朝南，没有岗首凛冽的北风，有充和的阳光、幽静的空谷。一条清澈的山溪静静地流过，人称幽溪。传说，智者大师在说法台上讲经时，天花

乱坠，一阵山风吹乱了面前的经页，四处飘舞，他起身追赶，在风息经落之处建造精舍。定慧双修，心有止住，而高明风物，却有佳致无穷。

天台山民间有句俗语，说高明好高不高，太平好平不平，总以为是佛家隐语反说，但依明代高明寺僧传灯的《幽溪别志》所载，高明寺外有深谷，日月二曜常照临其下，聚而不散，绝无阴气，曰高曰明，意义非凡。高明蕴含着大好的精神境界绝妙的文章，确实与众不同，如一副对联所说：

牛宿耀峰　风飘经至　百代咸尊智者

◎佛陇

幽溪映月　人悟性空　三乘共证中观

　　高明寺山门上的匾额，据说是康有为用鹅毛写的，又说他是灰堆上用木棒划的，留一个小小的哑谜让人费加疑猜。高明寺是智者大师兴建的十二刹之一，中国汉化佛教重点保护寺院之一，初建于唐朝哀帝天祐年间（904），唐末改名为智者幽溪塔院，宋代改名为净名院。现存建筑是1980年由觉慧法师主持重修的。高明寺分三轴十三院，中轴线为山门天王殿、奉释迦、弥勒和文殊菩萨的大雄宝殿、方丈堂，东一轴线为僧寮、客堂、斋堂、不瞬堂等，是僧人与客人居住食宿的所在，东二轴线为钟楼、厨房

（香积厨）、禅堂和观音阁。西一轴线为横厢、佛学院、西观寮，西二轴线为放生池、罗汉堂和三圣殿。寺院依山而建，结构严谨，但独有山居风貌。

《幽溪别志》说：本寺所尊者，智者；本寺所宗者，《法华》。原先殿中的佛像，以释迦如来入定状，弥勒腾疑状，文殊决答状，别具神采。释迦、如来居中，文殊在左，弥勒为右，为各寺所无。据说原三尊佛像是铁铸的，连底座共高一丈二，文殊、弥勒稍低二尺，三尊铁像共重一万七千斤，在杭州铸成后沿海路运到海门，再改乘溪船到天台，它怎么搬到这金地佛陇，怎么运到这幽谷山寺里，倒是无法解答的谜。可惜这三尊佛像在"十年浩劫"时被轻而易举地毁掉了，空留遗憾。

在寺内，我找到了明代万历年间（1573～1620）建造的楞严坛旧迹。当时全国只有三大楞严坛，高明寺占其一，可见高明寺在当时的地位赫然。现在我们见到的《楞严坛碑记》是明代大书法家董其昌所书，现在镶嵌在寺院的墙壁上了。

久住高明寺，我最深刻的体会就是这里的晨钟暮鼓了。天台山四绝之一的高明钟，原藏在天王殿旁的地藏

◎智者大师说法台

◎真觉寺山门

◎"即是灵山"照壁

殿里，也是明朝万历年间铸造的，7000斤，已被毁坏了，现在的巨钟是用铜铸造的，重2.5吨，也算是浙江省内之最了。高明寺撞钟一百零八下，人称为百八鲸音——"前敲七，后敲八，中间十八徐徐发，更兼临末敲三声，三通共成一百八"，象征着一年的12个月、24个节气、72个节候。听钟是为了警世呢，还是消除烦恼呢？钟声空空荡荡地响着，我们为什么不能让心底多留一点空间呢？

高明寺的复兴和高明钟的重铸，有旅居在法国的钢琴家周勤丽女士的福德因缘。周勤丽1939年出生于上海，7岁时开始练琴，10岁登台演出，1950年与丈夫刘玉煌结婚，1957年家人被划成右派，弟弟落榜，婆婆瘫痪，丈夫病入膏肓。她虔诚地登上了天台山，在一个小寺庙里求雨，在她的眼里，天台山的寺庙宽敞古朴无华，没有浮华的装饰，佛像虽然残破，却显得格外的崇高。做了一周的仪式，本来一直是晴光亮日的天空，聚集乌云，雷声阵阵，大雨下了整整两天，如她的泪水扑簌簌而下，后来，她根据自己的生活经历，写成自传《花轿泪》，详细地记述了天台山求雨的情景。她笃信佛教，在天台山遂了心头的那个夙愿。

重兴高明寺的方丈觉慧法师，为我的忘年交，天台山附近的三门人，为人豁达随和，宁静和蔼，精于书法诗词，编有《天台清音》和《高明寺志》，是继幽溪大师和传灯大师之后的高僧大德之一。他曾经为我写过的"寂寞参禅"四字，成了我的座右铭。

在觉慧法师的照应下，我们一群年轻的天台文友，经常聚集在高明寺里，举行读书创作笔会，在这里食宿，空闲的时候，

◎ 高明幽谷

就走出寺外，看周边的风景。沿着幽溪下行，更觉心清耳明。高明寺外胜迹众多，书载有八景：狮峰松吼，指的是高明寺所在的山峰犹如雄狮，每当山风起时，吹动树木，林涛汹涌；有象案花红，说寺外前山春花烂漫；香谷云坪，说寺外香谷岩下，朝云未起，常眠其下；金台远眺，丹阙清修，日窗晓色，月岭秋明等，更有小十六景一一罗列，值得一探。圆通洞是幽溪北面的一个天然石洞，由四块石头撑起，一石横架其顶，乃是自然造化的石屋精舍，阳光和煦，山风拂面，或坐禅，或课读，或著述，或啸吟，其情其趣独一无二。旁边的看云台和伏虎岗，崖壁上诸多的摩崖石刻让我揣摩。崖上的大佛字是民国时石梁比丘兴慈的手笔，而"松风"和"伏虎"，则是智者大师的遗墨了。我抄录在岩壁上的一首诗，历尽虫沙千万劫，可怜无数夕阳红。好一个钟声中的夕阳，照耀着我的身影，是否依然始终孤零零地漂泊流浪于万八峰谷的苍茫之上？

幽溪流经圆通洞下，化为五瀑。明代陈仁锡曰："他处之瀑不可以入画，入画则板法；而幽溪之瀑卒难入诗，入诗则失真。惟得古人画意。深入山川之幽深。幽溪之瀑，乱石嵯岈于谷底，树木聚集于溪旁，始出潭以为瀑，复积瀑以为潭。泉落树头，树生泉上，真可谓目送之不暇，实绕耳之可怡。""品山第一，品瀑次之。""缥缈万端，与白云而做伴，依稀月下，与明月以为俦。"由此可见，天台山之清净而奇秀，自然造化钟灵于每一个人的身心之上，"地灵宜久住，好山可常游"，在高明寺客堂里，我曾见过方丈觉慧法师手书的这副对联，襟怀高旷宽敞。觉慧法师一生漂泊，风尘千缕，白驹过隙，与我，与我周边的人一样，把这里的山水引为知音。

在高明寺禅房里，听觉慧法师说起螺溪钓艇的神异，勾起我的向往。走出高明寺的竹林，沿聚龙岗逶迤而下，那幽溪也随而下泻，绕过山脚的田畴与黄坦坑合流南去。徐霞客在游记中说道：

　　两崖峭石夹立，树巅飞瀑纷纷。践石蹑流，七里，山回溪坠，已到石笋峰底，仰面峰莫辨，以右崖掩之也。从崖侧逾隙而下，反出石笋之上，始见一石蟲立涧中，涧水下捣其根，悬而为瀑，亦水石奇胜处也。循溪北转，两崖愈峭，下汇为潭，是为螺蛳潭，上壁立而下渊深。攀崖侧悬藤，踞石遥睇其内。潭上石壁，中劈为四歧，若交衢然。潭水下薄，不能窥其涯涘（涘：水边）。

螺溪钓艇的景致，只能身到近旁才能见到：一座螺峰从谷底猛地蹿起，苍苔掩身，灌木簇拥，又如石笋卓立了亿万斯年，把孤零零的一句诗凝住了。左转，观望之，又似一个青螺倒饮于碧泓之上。碧泓，属于它，苍色，也属于它。智者大师是最早提倡放生的高僧，他不但把这里的螺溪，也把整条横贯天台全境的始丰溪当成了放生池。万物生灵，有佛性，生灵是值得尊重的。

有人说峡谷为舟，螺峰为篙，是一种宏观的想象吧。沿樵道攀藤援石，来到螺峰下面的深潭之畔，群崖削壁齐矗，两崖门立千仞，巨石凌驾其间。瀑水飞泻而出，更显雄奇。其下清潭凝碧，旋流拥螺，"两崖之上，一石横嵌，俨若飞梁。梁内飞瀑自上坠潭中，高与石梁等"，"四旁重崖回映，可望而不可即"，徐霞客以为此景"非石梁所能齐也"，却为什么声名不在石梁飞瀑之上呢？忽然记起王安石所说的，世之奇伟瑰怪非常之观常在于险远，而人迹罕至，是世人畏艰而不敢登涉之故，一般人既然以涉险为艰，自然也难以深味个中的奥秘了。

◎ 幽溪隐瀑

华顶：云海浮荡莲花巅峰

我从原路折返，从高明寺回到沿坡而上，经过真觉寺和瓦厂坦，沿老天北公路乘车，经龙皇堂，到大兴坑岭头，转而向东，过双溪岕头往左，直上华顶。转一个C形的大弯，华顶山就在对面横亘。风起云涌，莲峰飘荡云空之中，树影浓郁，宛如泼墨。浓雾从C形转弯的山口中穿过，则化为瀑布之云，汹涌而下，当两股云流在山口猛然相撞，则轰然如礁石激浪，腾空而起，淹没了整座山峰，不知风往哪个方向吹，人往哪个方向行。唐代诗僧灵彻道：天台众峰外，华顶当寒空，有时半不见，崔嵬在云中。这C形的山口，人称挈桶档，好像水桶的提手横梁。这里风大，"挈桶档，挈桶档，好人吹黄胖，水牛吹走无处望"。挈桶档之东有几间石屋，为华顶必经之门户，自此而入抵达华顶山国家森林公园。

华顶山是天台山的主峰，海拔1098米，山不甚峻，但偏居在东海之滨的平畴沃野之上，气势高拔。天台山周围的群峰攒聚拱卫，宛如一朵千叶莲花，华顶正在花心之上。

天台、雁荡、普陀，就像浮在浙东黄金海岸线上的三朵金色莲花，光彩照人。民间传说，在古久年代，此带为汪洋东海，常有大风大浪倾覆渔舟，住在深谷龙潭的九条龙，各自揭开身上

的九片龙鳞，组合成一朵别致的莲花，浮荡于海面之上，化之为山，以供渔民栖身停泊避险。天长日久，海水渐渐地退去，渐渐被云海替代。当太阳升起，云蒸霞蔚，华顶更加风姿益然。清代诗人潘耒咏赞道：

昆仑之脉从天来　　散作岳镇千琼瑰

帝愁东南势倾削　　特耸一柱名天台

天台环周五百里　　金翅擘翼龙分腮

峰峦一一插霄汉　　涧瀑处处奔虹雷

华顶最高透天顶　　万八千丈青崔嵬

乘云御风或可上　　我忽到之亦神哉

　　为了感受华顶的神奇广远，人们总是直奔天台极顶，站在拜经台上，神游八极，俯瞰苍山拱卫，飘荡在云海之上，无限风光尽收眼底。旷万古于目，荡苍生于胸，真有苏子遗世独立羽化登仙的感慨。登仙是不成的，而万物常备于怀，不也是人生的极致吗？

　　住在华顶寺的禅房里，凌晨四时，晨钟唤醒群山，我披衣起床。天气寒冷，繁星漫天，凉气袭人。伫立拜经台，山风拂面，困意顿消。看脚下是朦胧的云海，平平展展，群山宛如沧岛，如诗如梦。天边现出一片鱼肚白，渐渐变成纯净的红艳。脚下柏树岩岭沉睡的云海被唤醒了，振奋起来，就如我在挈桶档峡谷所看到的一样，腾越着，翻滚着。流云沿着两旁的山谷轻泻飞扬，犹如瀑布，在南北交会的山口上，两队流云猛地撞在一块，便倏地腾起，笼罩整座拜经台，我忽然又进入了一个蒙蒙的冥想世界里。片刻，云雾消散了，我听见了阿波罗神车轰隆隆轧过头顶的响声。

◎ 华顶丛林

○ 华顶日出

清代齐周华这样描述华顶日出：

> 　　远眺溟渤，水色连天，四顾空蒙，杳渺无际。俟东方微明，但见金霞缕缕，间以青气，日轮欲起，如金在熔，摩荡再三，始升天际。其初升也，体圆忽长，等卵黄之欲流，其既升也，则仍然一规，色兼红紫，轮似加大，及再升也，反似渐小，却光芒刺目，不可正视。

　　山寺里的钟声暮雨悠悠响起，久久地萦回。一切都在震颤，山林、云海、树木、殿宇，都笼罩在辉煌之中。

　　拜经台近旁有草堂一座，为太白读书堂，以石为墙，以茅覆

顶，为李白居住吟诗的地方。李白《天台晓望》云：

天台邻四明	华顶高百越	门标赤城霞	楼栖沧岛月
凭高远登览	直下见溟渤	云垂大鹏翻	波动巨鳌没
风潮常汹涌	神怪何翕忽	观奇迹无睨	好道心不歇
攀条摘朱实	服药炼金骨	安得生羽毛	千春卧蓬阙

此诗可与《梦游天姥吟留别》相参照，是一首寻仙问道的佳作，意境开阔，有超然飞升的飘逸气韵。

华顶峰北麓半山上，有黄经洞，三面绝壁，唯一线鸟道可通。晋代书家王羲之，曾在此洞中修习，并裂帛书写道家之《黄

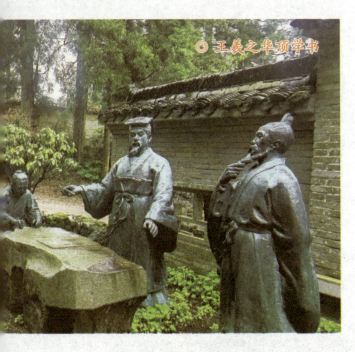

◎王羲之华顶学书

庭经》。华顶山下有墨池，传说为王羲之洗砚洗笔之处。王羲之的老师，是天台山紫真道人。紫真道人俗名许元度，人称白云先生，为东晋时人，居住在华顶灵墟峰——道书《云笈七签》中所载的第十四福地。在王羲之《记白云先生书诀》一文中，紫真道人谆谆引导他说："子虽至矣，而未善也。书之气，必达乎道，同混元之理。七宝齐贵，万古能名。阳气明则华壁立，阴气太则风神生。把笔抵锋，肇乎本性。力圆则润，势疾则涩；紧则劲，险则峻；内贵盈，外贵虚；起不孤，伏不寡；回仰非近，背接非远；望之惟逸，发之惟静。敬兹法也，书妙尽矣。"王羲之深得其师精髓，在他的《兰亭集序》中，二十几个"之"字的写法，灵秀无比，各不相同，神韵独具，得益于天台白云的流动。

传说天台当地书法家曹伦选，住宿华顶寺内，是夜一道红光闪现，循光寻去，见半块鹅字碑，为王羲之的手迹，他立即虔诚地补写了另一半，合为全璧，镶于国清寺的三圣殿东首莲舟室的墙壁上。

在山上行走，云雾总是在身周徘徊，从树林的缝隙中穿过，生于空谷，归于洞府。华顶之南归云洞，传说是云雾的归宿。华顶地势高寒，林深木茂，故多雾多云。俗话说，华顶山上无六月，一场西风就落雪。一下雪，满山皆白，树木着袄，秀竹弯腰。即使不下雪，寂寞冬夜，气温骤降，云雾凝结在草木之上，亦宛如玉树琼瑶，剔透晶莹，阳光照耀，光华烨烨，我心里道，这又是一处庄严佛净土了。

徐霞客写到登临华顶的情景：

> 复上至太白，循路登绝顶。荒草靡靡，山高风冽，草上结霜高寸许，而四山回映，琪花玉树，玲珑弥望。岭角山花盛开，顶上反不吐色，盖为高寒所勒（限制）耳。

徐霞客登临华顶的时间是农历三月份，即阳历的五月二十一日，归云洞一带朝南的山坡，山花应该开放了，北坡则尚未吐蕊。沿着石子路迤逦而下，归云洞下杜鹃夹道相迎。这种杜鹃树2米多高，大花球为 7 ~ 13 朵小花团团簇而成，亦名千花杜鹃。

成片生长的杜鹃林，只有华顶山特有。每到花期，满树都是花朵，漫山遍野，如云如锦，也叫云锦杜鹃。远远望去，华顶的杜鹃灿若云锦，近而视之，淡雅精致，明若繁星。花团锦簇，如一张张笑脸，一个微嗔一阵回眸，一派烂漫一脉温柔。轻轻的山风悠然吹动，焕发独特的神韵，一片亮丽。有人把杜鹃花移植到城市园林之中，均未成功。杜鹃花只适合在高寒处生长，自然地开放，自在地凋谢，日复一日，年复一年。

云锦杜鹃，甘于寂寞高寒，外柔内刚，亦是华顶奇绝，虽然花期姗姗来迟，虽是四月，山下春尽，而山顶之上，繁花似锦，簇拥如云。杜鹃和云茶，都是我所尊敬的长者，它们皆以自在的状态生活着，无欲无争，始终保持着自己特有的本性，蕴有真正坦荡的君子之风，不竭力标榜，亦不刻意装扮，讷于言而敏于行，自在于云涛烟雨之上，陶醉于苍松翠柏之间，返璞归真。

在华顶，杜鹃与绿茶相映衬，互致和谐。归云洞下的茶园是三国高道葛玄开辟的，浙江省最早的绿茶种植基地，人称葛玄茶圃。葛玄生于公元 164 年，卒于公元 244 年，字孝先，吴国江苏句容人，原籍山东琅琊，后来迁居到丹阳（今江苏江宁），葛玄登临天台山在汉灵帝光和元年（178），不仅植茶华顶，在赤乌元年和二年（238、239），在天台山还开创了最早的道观，他居住在赤城山玉京洞和桐柏山，炼丹修道。归云洞口，有八株资格最老的茶树，据说就是葛玄的手植真品，被人称为"茶祖"。

葛玄植茶华顶，体现的是道家的修仙精神，华顶高寒，最

◎ 华顶鸟瞰

适合云雾茶的生长。"天台山，雾悠悠，大伏天暑如寒秋，四季云雾泛浪头"，这是明代《茶笺》的作者屠隆咏叹的诗句。陈襄有诗云，"雾芽吸尽香龙脂"，"香龙脂"就是升沉此间的云雾。只有它们才能孕育高山茶叶特有的色、香、味，因为山中云遮雾罩，细雨迷蒙，华顶茶的叶质变得更为柔软。尤其是华顶山的高寒环境，同样造就了天台茶特有的芳香特性，以及独特的外形。

　　葛玄茶圃周围有许多高大茂密的树木，如云锦杜鹃、柳杉、短叶松，还有桫椤树、箬竹等，组成云雾茶圃独特的屏障，抵御阳光的直射，由此使云雾茶具有"佛天雨露，帝苑琼浆"的独特品性。华顶山的土壤丰腴肥沃，为茶叶的生长提供了良好的条件。华顶云雾茶因受到高大树木的遮挡，保持了更多的出自天然的持嫩性。此间出产的云雾茶，为绿茶中名品，华顶云雾茶为半烘半炒，手工制作，经多道工序后外形细紧圆直，白毫显露，细

润翠绿，香气馥郁，冲泡三次仍不改真味，名列中国名茶第六，名扬东瀛。

华顶诸多的茅蓬周围，出产香茗，天台邑人齐中嵌在1944年写的《峭茜试茶录》将华顶峰出产的云雾茶分为十二个级别，"芳味如兰，超越群众""辨其品质，第其高下"，一一冠名："华顶云腴"；产于华顶绝顶，仅二三本，清香独特，不同凡品；万善庵是华顶西茅蓬之一，产"万善报春"；妙峰庵为华顶西茅蓬之一，产"妙峰滴翠"，四面皆茶，庵前更佳。色绿味厚，水可三五开。彩云庵旁为"彩云片羽"。叶片肥腻，状犹翠羽，味甚甘芳，煎如客观，与"万善报春""妙峰滴翠"一起誉为"西茅蓬三极品"。弥陀庵产"弥陀珠赐"。"觉岸"为华顶东茅蓬，产"觉岸清尘"。华顶山西南天柱峰庵产"天柱茸香"，皆为妙品。

华顶山上品茶，恰如道家餐霞服雾，而云雾滋润的茶叶，让我的情感升华，渐渐羽化，一一飞升。

宋代诗人范成大的《寄题毛君先生莲华峰庵》诗中，咏叹华顶清修"漫山苦荬食不尽，绕屋长松为四邻"，表现华峰僧人的日常生活。荬菜是华顶山上的一种野菜，与蕨菜一样，采其嫩脑用开水氽后可食，山中遍生的大蕨，可以掘根捣碎滤汁淀粉做饼，而山中随地可挖的竹笋，或鲜食，或加盐煮成笋干，也能充饥。华顶山上有成片的箬竹生长，饥荒之年，则有箬竹之米，可以果腹，形色味如同大麦。"大跃进"时期山民遭遇饥荒，邑人陈甲林先生从陶宗仪的《南村辍耕录》中发现箬竹长米可食的记载。正值华顶箬竹结米，山人由此得以保命。华顶山有黄精，结实如生姜，每年深秋初冬季节，华顶山僧人就进林间采挖，将其泡在泉水之中，几天后清洗下锅蒸煮，摊开晒干，再入锅蒸煮，九蒸九干，颜色棕黑发亮，甜糯可口，入口无渣，回味无穷。特别是冬天品尝，冷中有甜，别有一番滋味，令人"步履矫健，耳聪目明"。寒山子诗云："一入双溪不计春，炼暴黄精几许斤。炉灶石锅频煮沸，土甑久蒸气味珍。谁来幽谷餐仙食，独向云泉更勿人。延龄寿尽招手石，此栖终不出山门。"诗中记叙的是华顶山人蒸煮黄精的情味。

华顶草木大都与佛道相关，充满灵性。李白诗云"琪木花芳九叶开"，琪树，山民称之为乌饭，是一种高约半米的野生植物，它的树叶和果实的汁液可以煮饭，称之为青精饭，在道家经典中，它是长生不老的仙树，华顶甚多，另有天台乌药是华顶山常见的，人称长生不老之药，徐福东渡把天台乌药带到日本。在日本有确凿的历史记载。在中国，刘晨、阮肇天台采药桃源遇仙成为著名的文学故事，山中的草木也充满佛道养生的精神。

朋友在华顶山住居多年，感知华顶佛寺茅蓬隐居生活的艰苦。他拿来齐周华的《名山藏副本》一段文字佐证之："诸僧或坐禅，或诵偈，或采黄精、茶叶，或掘蕨粉、毛团，或收罗汉之果，或觅万年之藤，时或钟声传食，或披衲托盂，荷杖破云而赴斋堂，如偃鼠过河，满腹后已。若岁歉客稀，或雪封道断，则各煮瓜煨芋以为粮，豆粥蔾糕称为上饭。""华顶之清苦，盖四大名山之所无也。"天台佛家清修之道，全蕴清苦之间，无论红尘方外，更能砥砺心志。

在华顶，伴随山间草木的有诸多星罗棋布的茅蓬。旧时，华顶寺周有七十二茅蓬，最多的有一百二十个，茅草盖顶，土石为墙，内室以木板铺地铺壁，既能保温，又觉宁静素雅。黄经洞，实际上就是这样的一处。太白读书堂同样如此。极乐庵、宝华庵、菩萨室、花芯居、地藏庵、斗室、碧茗庵、药师庵、般若庵，一听名字就充满高逸禅意。茅蓬或成院落，或单独而立，周围或绕潺潺清泉，或伴苍苍古树，"矮屋低檐碍客冠，绳床土灶坐团圆"，一片宁静安详，富有山居韵味，确能修身养性。"山花落尽人不见，白云堆里一声钟"，驻足在华顶寺前的千年柳杉下，遥望寺后的山峰，佳木葱茏，浓荫蔽日，林泉静坐，超然物外。

在茅蓬清修的都是大师，是名副其实的高人。徐霞客到黄经洞茅蓬前，看到的是一僧结发庵前，恐风在洞里进入，用石凳把门塞住，"大为叹惋"，袁枚曾经三顾茅庐，到茅蓬前求见书画师梅谷，终不得见，怏怏然留下了一首诗道：为访诗僧去，空山不见踪，茅蓬无锁钥，自有白云封，颇有贾岛《寻隐者不遇》中"只在此山中，云深不知处"的感觉。

药师庵是当年华顶最大的茅蓬，三个两层的院落相连，庵内有内室上百间，可容纳百人居住，而小的十几平方米，只容一人安身，曾经被木鱼和枪声缭绕过。当年我们开笔会的时候曾经驻留这里，踏上摇摇欲坠的楼梯、吱嘎作响的楼板，想起当年的青灯古佛的修行者和暴动者，感慨良多。而今，面对的却是一片倾塌的废墟。

© 华顶寺

清代末年，华顶山上来了一位名叫融镜的僧人，住在一处名叫"龙泉庵"的小茅蓬里，与山间白云为伴，又名"云镜"。同治九年庚午（1870），虚云大师年 31 岁，慕融镜之名，来华顶山修持佛法。虚云大师《天台华顶茅庐久雨伴融镜法师夜坐》诗道：

苦雨积薪微　寒灯夜不辉　湿云霾石室　划藓掩柴扉

溪水湍无厌　人言听更稀　安心何所计　趺坐覆禅衣

虚云大师俗姓萧，为梁武帝宗脉，生于 1840 年，圆寂于1959 年，活了 120 年（僧腊 101 年，戒腊 100 年），20 岁时在福州鼓山涌泉寺妙莲和尚受具足戒，取法名为"德清"，花三年时间朝拜普陀，三步一拜朝礼五台，到了终南山，看见漫天浮云改名为"虚云"。据《虚云和尚事迹》载，虚云出家后，行煮饭行堂职事，胁不沾席，不论冬夏，随身仅有一衲、一拂、一铲、一绳床，洞中岩石树下打坐，效达摩面壁，苦修头陀行，长发不剃，居无定所，以松毛青叶为食，但总觉得功力甚浅。他来到了温州的朱龙山观音洞禅修，一位云水僧对他说，你可去天台华顶，到龙泉庵拜见云镜法师。

在华顶山茅蓬前，虚云法师将以前修行的情形，一一说给云镜法师听。云镜法师说，观你作为，皆非正路，可惜数年辛苦，既来亲近我，宜听我说，把头发剃去，须穿衣服。要吃饭不要食草，把身体弄坏了。肯听说，在此住，再为教你。不听，任去。

虚云如醍醐灌顶，猛然顿悟。云镜法师给了虚云衣衫布履，让他剃发沐浴，重归日常生活，不再挨饿忍饥，每天两粥一饭，辛勤劳作，云镜法师见虚云诚实，知其根利，令其修习天台止观。在华顶住了一年，到同治十年（1871），云镜法师让虚云到国清寺学习禅制，听法师讲经，山坡搬柴，恒兼人一倍，灌园种菜，皆先于人。遵循天台梵寺教规，耕牧、斫柴、坐香等，皆倍于常人，经法师指点，又到方广寺修习"法华"，并逐一拜谒天台山诸寺，修习之余，重回华顶陪伴云镜法师。光绪元年（1875），虚云36岁，前去高明寺听敏曦法师讲解《法华经》，与云镜法师彻夜倾谈，不觉东方既白。

是年，云镜法师年高80。虚云离开天台山，途经奉化雪窦寺、岳林寺，往普陀山朝拜观音。1951年3月，虚云法师曾遭受一场重病，昏睡如死，醒来言自己在兜率宫内听弥勒说法，在诸多听众中，见到了云镜法师。对于云水行脚的虚云法师来说，天台华顶山，曾是他的一个驿站，他要走向远方，青山随处安禅。

华顶寺位于华顶山的中心地带，是智者大师生前开辟的十二道场之一，寺前几棵大柳杉，与古刹同生死共命运，历经千年的沧桑，高耸入云，浓荫匝地，给人一片博大而沉静的氛围。

大柳杉旁有一个水潭，波光粼粼，一片深邃。传说，智者大师在华顶开辟道场，盘踞潭里的蚂蟥精要与他斗法。智者大师用耆糠往潭里一撒，耆糠就把水面糊得严严实实。蚂蟥精透不过气来，极不情愿地抽身出来，约定智者大师到峰顶斗法。它一屁股坐在峰顶上，双脚伸到东洋大海，吓唬智者大师。智者大师说，你扩身的法力我领教了，但缩身的法力我不晓得，你能否把身子缩成绣花针那样大？蚂蟥精说容易容易，真的把身子缩小了，智者大师顺手把钵盂一覆，把蚂蟥精紧紧盖住了，上面压上几部《法华经》。蚂蟥精再也不能兴风作浪了。智者大师端坐最高处朝东海朝夕礼拜，求取《楞严经》，历经风雨寒暑，志心不辍，华顶最高峰名为拜经台，上有降魔塔一座，山麓有了一所伽蓝。

华顶寺始建于后晋天福元年（936），佛教禅宗法眼宗二祖德韶所创，初为华顶圆觉道场，又名"兴善寺"。北宋治平三年（1066），改名为善兴寺。德韶大师进入天台山修禅弘法，驻锡于华顶峰上，正逢台州刺史钱弘俶。他对德韶大师甚为钦敬，时来拜谒，大师说，钱弘俶"以后继国王，应使佛法兴盛"，果然一语成谶。钱弘俶当上吴越国国王之后，赐德韶"国师"号。由此，天台宗得以中兴。民国时兴慈法师主持重修华顶寺，中间的山门和两旁的边门有点像上海的小洋楼，山门上的"华顶讲寺"和两旁的"容大千界""入不二门"匾额，是用龙皇堂出产的优质花岗石精雕细镂，然后请人小心翼翼手抬肩扛到这里的。这华顶寺的建构确实与众不同，原先的屋顶是用铁皮蒙的，因为这里地处高寒，云雾缭绕，气候潮湿，用铁皮蒙屋顶则是全国独有的。

华顶寺的建筑布局是传统的，以山门天王殿大雄宝殿为中轴线。从山门进去，来到天王殿，大殿前供阿弥陀佛，后供护法

© 华顶云锦杜鹃

◎ 莲峰北望

韦驮，左右奉四大金刚，楼上奉五百罗汉。天王殿东西两庑为客堂，从此往北，有一方池，架有"泰安桥"，穿过去就是大雄宝殿，大殿上檐匾额为马一浮题写，下檐匾额为赵朴初题写的"华藏世界"。殿内供 3.6 吨重释迦佛铜像和阿难迦叶木像。释迦佛之后，为紫竹林观世音像。大雄宝殿另有一匾——"莲花净域"，体现华顶寺的环境与精神，释迦佛两旁，为十六罗汉印刻石像，取自五代画僧贯休的笔意。大雄宝殿之上为藏经楼，其"楞严丹池"是康有为题匾的，楼下即是民国时期的楞严坛的遗址，过去的匾额是马一浮题写的。现在供智者大师的塑像，为明代憨山大师所写的"续焰传灯"，以示智慧光芒延续不绝。法堂之侧为方丈楼，有元代四明梵琦大师所书的"大寂再来"之句。后墙上则有"晋唐古迹"四字，为天台书家明庐所书。寺中有般若泉，为高丽僧人般若所凿，他曾在这峰顶修习了整整 16 年。

天台莲花之顶，梵刹超逸，高僧名家云集，真如华顶寺对联所说：

高参霄汉三台近　胜压东南五岳低

石桥山中，水流石在

石梁飞瀑位于华顶山北坡，是剡溪的源头。此流正源自华顶，北向而流入新昌，为新昌江；至嵊州，为剡溪；至上虞，则为曹娥江。出华顶森林公园大门，沿挈桶档山口小路，沿山而下，可到石梁。可惜山路已经荒废，被草木深掩。若驱车，则到大兴坑岭头，沿山坡北行，沿途溪流欢跃。发源于大兴坑岭头的小溪沿着山谷急湍奔流。在离石梁飞瀑北三里处瓦窑头处，大兴坑溪跌宕而下，化为倒悬的太阿，人称铗剑泉。其泉前面巨崖遮挡，形势逼仄，瀑布被压成细细的一缕，气势压人，声如迸雷，深有怀才不遇之感。齐周华认为，此景不亚于天台其他诸瀑布，但为石梁飞瀑大景所压，人所少知。

大兴坑溪继续北流，树林也愈加茂密。过瞻风桥，作一小小的"神龙掉尾"后，到中方广寺的老墙下，与来自华顶的金溪汇合，回旋了几下就猛地联手冲过石梁桥。在四五十米的断崖上翩翩而下，神采斐然，发出震耳欲聋的绝响，坠入深潭之中。

石梁是世界上独一无二飞架悬崖流水之上的花岗岩天生桥。东西方向，连接着对峙的两座山崖，溪水三折，冲出桥洞，形成了如虹一般的飞瀑，起舞婆娑，坠入脚下的惠泽潭。说到石梁飞瀑的成因，郁达夫在《南游日记》中写道，经过河水几千万年的冲击，闸门一样的巨石被冲成一个弓形的大窟窿，泉水就从这里直捣下去，形成了瀑布和崖下的深潭。这种说法是合乎地学原理的。石梁的奇险，有目共睹。天台山民间歌谣："走过石梁不算慧，倒死石梁无人害；石梁桥头一脚脱，奉化桥头捉（方言，拾取）脚骨。"奉化桥是瀑布数百米开外的仙筏桥。在那里眺望石梁全景，石梁飞瀑和上方广寺，宛在天外。仙筏桥外，伫立着一尊徐霞客石像，每时每刻，他都在观望着石梁飞瀑，从早晨到黄昏，从春天到秋天，感知这里的"水石森丽，一转一奇"，"殊慊（殊慊：特别满足）所望"，"观飞瀑如虹，飞瀑喷雪，几不欲卧"，他曾听瀑声，"雷轰河隤（隤：坠落）"，也曾经亲身试行于梁上，"余在梁上行，毛骨俱悚"。但

○ 石梁飞瀑

○石梁飞瀑

在齐周华看来，这石梁同人世间的险恶相比，简直是小巫见大巫了，"历尽世路险，反觉石梁平"，也只有他能写得出来。"两龙争蛰不知夜，一石横空不渡人"，"冰雪三千丈，风雷十二时"，还只是客观的描写，但进入山水内涵境界，齐周华才算真正地做到极致。

我很欣赏徐霞客游记中描写石梁景色的一句话，"天山一碧如黛"，把石梁的美凝结成这区区的六个字。石梁如苍龙耸脊，自天而降，气势逼人，瀑布则如云涌涛激，飞进如虹。石梁的剪影很是凝重，而瀑布腾起的水雾，让我看见许多绚丽的彩环，犹如佛光，瀑布扬起的雾霭漾起四山的翠绿，让我感到透骨的明净与凉爽。在中方广寺品茶听瀑是快乐而雅致的。绿茶的清香总萦绕着我的胸臆，清凉世界就在我的面前蔓延开来。我体会到一种上下贯通的浩然之气与空灵之韵。静静地靠在栏杆上，一边品啜着原汁原味的罗汉云茶，倾听这一尘不染的瀑音，我迷醉了。树荫中，下方广寺黄墙也变得依稀迷离。我犹如一羽灵鸟，舞动着空明的翅膀，随心所欲地飞翔。

有人给我石梁冰瀑的照片。石梁的风姿与我看到的迥然不同。那是隆冬时

◎铁剑泉

节，石桥山温度一下降至了冰点，瀑布没有了声音，也没有了水沫横飞的气韵，但它冰清玉洁的精神与韵味还在。石梁飞瀑依着山崖入定，犹如一尊卧佛的涅槃。

石梁桥的西首山崖上有题刻，曰"第一奇观"，有着宋代那位颠摇放荡虔诚拜石的米芾笔下的神韵，他该朝拜过雄奇的石梁，也该礼赞这里穿石飞扬的灵瀑吧。一条飞架的石梁桥没有什么大不了的，但石桥下有合流横飞的泉瀑；何况有方广寺在天生桥头上建筑，翼然凌空；蓊郁的林影，轰鸣的瀑声，优雅的鸟鸣，庄严的梵呗，足以给人以视听之陶冶。人与自然的和谐，文化与山水的合一，这里已无二致了，在中国在世界，无出其右。

石梁上下游，有佛寺三座——上、中、下方广寺，犹如杭州西湖的三天竺。所谓的方广，即佛教的"大乘"诸经的通名。方是正，广为大。"四山滴翠环初地，一路听泉在上方"，为朱伦瀚所题的上方广寺楹联。上方广寺在石梁飞瀑景区的入口之左，原先山门外如国清寒拾亭外的七佛塔，山门为第一进，二进为大

◎ 鸟瞰石梁和方广寺

○金溪

殿，中奉释迦佛，后侧奉达摩和关帝伽蓝诸像，上悬"龙藏供方广寺"匾，表明这里珍藏着雍正赐予的《龙藏》。三殿为方丈楼，有俞樾（曲园）所题的楹联——"遥月替灯，临流作镜，垒藓为褥，拓松为屏"，此乃契合山水的生活方式，一种宗教与自然的和谐。方丈楼之东，为罗汉堂，西为藏经阁，悬挂着阮元题写的"三台宝典"的匾额。可惜，20世纪70年代，有林场职工在此烘焙笋干，引燃大殿，古刹顷刻间化作了尘烟。

中方广寺是寺、楼、亭和谐结合的特色建筑。从横跨金溪的莲花桥东行，转瞻风桥，就进入中方广寺的山门，进去可直达晋堂古茶房，就到了石梁桥的东首。寺内有寂静居，前面是斋堂，中方广寺楼上，其南由东向西为方丈室、僧寮和禅堂，藏有《大正藏》佛经。其北为聆涛居，即取此间聆听石梁瀑声和四山林涛鸟声的无限美意。方广寺内曾有一副著名的对联——"风声、水声、虫声、鸟声、梵呗声，总合三百六十击钟鼓声，无声不寂；月色、山色、草色、树色、云霞色，更兼四万八千丈峰峦色，有色皆空"，所有这一切与远年往事一起，都成为空空的记忆了。

　　中方广寺之昙华亭，建造于南宋景定二年（1261），贾似道为了纪念他的父亲贾涉，拿出五万金，命方广寺僧人妙弘督造，传说此亭造好之日，寺僧即用香茶供奉五百罗汉，其时，杯中现出瑞花朵朵，如昙花一般美丽，并有"大士应供"的字样。贾似道命名为昙华亭。奸相权势犹如昙花一现而已，可贾似道和他的同类一直不懂，他们也乐于自欺欺人，直至现在，许多人依然用昙花一样的话来糊弄人。宋代，天台县令丁大荣在这里虔诚求雨，果然天降甘霖，因而，昙华亭又名雨来亭。

　　站在昙华亭角尺形的廊下，倚栏俯瞰，石梁如苍龙耸脊，瀑布横飞倾泻，声如雷震，非常壮观，慷慨激昂。在丛树修竹的簇拥下，下方广寺静如处子。下方广寺是明代万历年间的旧制，虽然小巧精致，但不乏宏大庄严，大殿、两庑、罗汉殿，一应俱全。站在下方广寺仰望中方广寺，中方广寺宛在天上。

　　我来时，正逢夕阳西下，中方广寺与下方广寺一片金黄。

◎ 下方广寺

两座方广寺都供奉五百罗汉，中方广寺有五百罗汉的铜亭，原来供奉在石梁西端，明代太监督工铸造，重达几千斤，早年寺僧不管风雨落雪，每天跪拜过石梁桥上香，如履平地。可惜在20世纪60年代，当地一村民在夜深人静之际，携带小钢锯走过石梁，敲坏了铜亭的一扇门，锯断了铜亭的一只脚，结果铜亭翻到水潭里，尽管捞了上来，但无法安放在原位，只能供奉在中方广寺里。

下方广寺所供奉的五百罗汉，原是国清寺的旧物，形制小巧，但形神兼备。

罗汉也叫作阿罗汉，与佛、菩萨一样，是印度传来的舶来品。罗汉为梵文 Arhat 的音译，据大乘佛教教义，佛家修行有四个果位，第一个是初果，达到初果，就不堕畜生道；到二果，只能有一次转生机会；三果就能生于天界；四果阿罗汉，就能脱离生死的轮回，避免转世的麻烦。此乃自修之果，也叫做"声闻"。

天台民间有到方广寺罗汉堂数罗汉的习俗，其法：左脚迈进门槛，数左边五层罗汉中的任何一层，依次数到自己岁数相合的那尊罗汉，就是自己在这一年的本命相。你若右脚迈进门槛，就往右边数任何一层，与自己岁数相合的那尊罗汉也是你这一年的本命相。

中方广寺的开创者昙猷法师，于晋兴宁年间（363—365）在此结草为庵。一个清夜里，他走过石梁桥，忽然桥端蒸饼岩消失了，他所看见的是辉煌的殿宇，五百罗汉坐卧嬉笑游戏其间。此事载于《高僧传》。唐玄奘在《大唐西域记》载："佛言震旦（中国）天台山方广圣寺，有五百大罗汉居焉。"据佛家传说，五百罗汉是常随释迦牟尼听法的五百弟子。后唐年间（923～936），浙江永嘉有个全亿长史的人，画半千罗汉，每一迎请，必于石桥宿夜

焚香，具锣鼓幢盖，引导入殿。方广寺梵呗
大作，先有金色鸟，飞翔于林间石畔。吴越
王钱俶造五百铜像供养。天台山的石梁飞瀑
成为五百罗汉最好的栖身之所。

《百丈清规证义记》，记佛家供奉罗汉
茶的仪轨，其唱赞云：

　　炉香才爇　云腾宝鼎　旃坛沉乳真
堪供
　　香云缭绕莲花动　十方诸佛下天宫
　　天台山罗汉　来受人间供……

石梁方广寺的罗汉供茶名声显赫。南宋
时供奉天台乳花茶，国清寺僧处谦曾为苏东
坡表演如此茶艺，故苏东坡咏叹，"天台乳花世不见，玉川风腋
今安有。先生有意续茶经，会使老谦名不朽"。对于"天台乳花"
之名，仁者见仁，智者见智，众说纷纭，莫衷一是。所谓的"天
台乳花"，也就是天台山出产的乳花茶，是江南茶中的精品。

《嘉定赤城志》又载，方广寺每次供罗汉茶，"必有乳花效
应"，宋代林表民在《天台续集》中说，当时的台州知府葛闳也
带着许多的官员，来此煎茶供奉罗汉，并欣然赏此美景，俄顷见
"有茶花数百瓯，或六出、或五出，而金丝徘徊覆面，三尊尽
干，皆有饮痕"，并欣然赋诗云"俄顷有花过数百，三瓯如吸玉腴
干"，尤为神奇。

在宋代，天台山罗汉供茶名声显赫，朝野上下，为之震动，

◎ 仰望中方广寺

宋室皇帝专遣内使张履信持《供施石梁桥五百应真敕》，到了天台山石梁方广寺，敕书道："闻天台山石桥应真之灵迹俨存，慨想名山载形梦寝，今遣内使赏沉香山子一座，龙茶五百斛，银五百两，御衣一袭，表朕崇重之意。"有宋一代，咏赞石梁罗汉供茶的诗作甚多，如罗适的"茶花本余事，留迹示诸方"，洪适的"来烹紫云腴，寒瓯散葩萼"，宋之瑞纂修《嘉泰赤城志》，曾经写过"金雀茗花时现天"的诗句，咏叹罗汉供茶的神异景象，茶叶与宗教、与诗歌水乳交融。

宋代熙宁年间（1068～1077），这里来了一位名叫成寻的日本僧人，他是著作《源氏物语》的女作家紫式部的父亲日本藤原的曾孙。在天台山，曾与诸多僧人在华顶一起品茶，还瞻仰了智

者大师肉身塔，在他的《参天台五台山记》中，详细记述了寒山、拾得的故事，对石梁方广寺罗汉供茶时茶杯中出现八叶莲花纹和大士应供的字样等瑞相做了细致的记录。他没有回国，死后敕葬在国清寺，墓塔题名曰："日本善慧法师之塔。"

在石梁中方广寺品茶，与别的地方不一样，山色漾翠，水也漾绿，多么契合自然。夜深人静之际，约若干知己，静坐在方广寺中昙华亭上，或小憩于瀑布之下溪石之上，把杯品茶，品诗论文，或谈笑风生，心情也舒畅得多了。

石梁瀑布的夜游饮茶，的确让人忘情，石梁的夜色如茶，让我细味道慢品。茶是正宗的罗汉云蘉，水是原汁原味的石梁泉，细细一品，清香甜润，一片温情，沁人肺腑。

在石梁瀑下行走，水石斑斓，游鱼可数，树木苍翠，殿宇巍峨，是最和谐的境地。

过仙筏桥，站在徐霞客塑像的位置，眺望石梁飞瀑的全景，连绵蓊郁的树木密密层层，累累叠叠，灌木乔木互拥，首先给我的感觉是悠远的，石梁的树木，千姿百态，各具千秋，有如云朵者，如蘑菇者，如花卉者，如人物者，不一而足，神采斐然。细察脚下的土地，却贫瘠得很，脚下全是乱石的山，难得肥沃，可见此间树木生活的艰难。

我拾掇着纯粹的山涧景色。龙潭连缀，水流石上，激越欢畅。游鱼翔游，悠然可数。跨过石碇步，驻足铁吊桥，看两旁的花岗岩，或方方正正，如碑如碣，亦牛亦象，似人像佛，与此间树木一样，富有灵性与禅机。此为小铜壶溪，溪上有小瀑布，似乎没有多大声名，但风姿绰约，精美绝伦，那是真正的隐者。

大铜壶溪因铜壶滴漏而得名。其景状如古代的计时器铜壶滴漏，为天台山八大景之一。

二十几年前，我从石梁东边谷口的村后上去，翻山越岭走十几里山路，穿过梯田，到了一个几户人家的铜壶小村，从村前依岭而下，就看到石上流泉。

而今行两三里，穿过一个隧道，就看见了一片竹林。竹林苍翠，掩映着深藏不露的奇观。铜壶滴漏是一处一个由地层裂陷造成的铜色茶壶形的深潭，下泻的山泉在"铜壶"之中回旋激荡，轰隆作响，澎湃奔突，然后从壶底钻出一道罅隙，夺路而出，成为一挂瀑布。铜壶滴漏的成因，与石梁飞瀑大体相似。坐在崖边石上，忽想起了齐周华的诗句：

古石青铜色　团团似玉壶　巨灵穿一指　鲛室喷千珠
漏滴龙楼晓　声喧鲸口呼　深知造化妙　原不假锤炉

此诗切情切景，传神精妙。铜壶滴漏危险非常，俯瞰铜壶，得需旁人抓牢双腿，方可匍崖而观。铜壶潭水清碧凝绿，神秘幽深，1998年，天台书生陈邦清在此勇救落水的上海女青年付出了宝贵的生命，成为山水中的美谈。

潭水从铜壶口泄出后，形成三折瀑布，绕过一片竹林，流到一处黄色的陡崖上，化成涓涓细流，覆崖而下。崖右为一条流水冲出的凹槽，如龙蛇蜿蜒，人称龙游涧，或名龙游笕，其凹槽宛如山中农家引水用对半劈开打通竹节的竹笕，右侧是水珠帘，以山农目光观之，瀑水如石磨磨豆腐一样，自然成纹，反射着太阳光，姿影万方。瀑水流出屋檐一般的崖壁后，则化为剔透的珍珠之帘幕，随风翻卷，变化万端，恰如西游记中的"水帘洞洞天"，

也算是神仙的窟宅吧。

徐霞客云，"珠帘水，水倾下处甚平阔，其势散缓，滔滔汩汩。余赤足跳草莽中，揉木缘崖，莲舟不能从。暝色夜色四下，始返"，潘耒咏道：

> 一片银河水　空悬溅宝珠　轻匀落势缓　娟妙织痕无
> 鲛泪倾千束　仙衣拂六铢　垂帘应有意　深洞锁龙姝

珠帘之后，有明目善睐，不是山间的采药少女，就是编织鲛绡的龙女。这珠帘是不是她们的清泪呢？我的朋友曾标营发现同样的风情：

> 星星们又去石梁深处
> 聚会
> 留下那个编珠的星嫂
> 眼眉儿一展
> 诱惑多少风流
> 你瞧那门帘儿
> 还半遮半掩

哦，山水的灵奇秀美，就在于你自己的感觉，就在于我的一仰头一俯首一念之间啊。水流，石在。这就是动与静的结合，这就是自然的大和谐啊！

从万年石渡到天姥关岭

　　我回到石梁飞瀑，踏上瀑布上方右边的一条小路，走向万年寺。万年山与石桥山相依相连，我走上长约15里的山路，这是一条鲜为外人所知的古道。古道两旁幽谷深邃，山花烂漫。不时有小溪淙淙，飞瀑叠叠，有佳木葱茏，亦有小鸟啁啾，却无人家常住，尤为清寂。

　　万年寺位于白鹤镇的高阜上。过四姑坪，我到了万年福田。万年寺的殿宇便在雨中显现。群山已是淡淡的一抹，万年寺缥缈如失落的梦境。云雨缭绕的田野，几棵千年老柳杉，在雨幕中矗立，沉静，凝重，浑厚，把一个久违的记忆，一个冥冥中的守候，留驻此间。它的身后，是三座破败的兀然高耸的殿宇，幽冷的风拂过叮当的檐铃，响着阵阵的苍凉。

　　万年寺是天台山上著名的禅宗古刹，坐落在八峰环抱的胜境中，这里平畴开阔，亦有双涧回澜，境界开阔，亦是风水宝地的所在。八峰之名，为明月、为桫椤、为香炉、为大舍、为铜鱼、为藏象、为烟霞、为应泽，皆现佛法庄严吉祥瑞安之相。

　　万年寺与方广寺一样，曾是荆榛荒蛮之地，在1700年前的晋代，敦煌高僧昙猷，在这里开辟了与石桥庵相媲美的罗汉道场。

　　唐太和七年（833），一位法名叫作普岸的僧人，云游此间，

见猛虎在西峰上跳踉狂吼，便以手指点着虎头说，"此乃五百罗汉的居所，我当借此安禅礼佛"，猛虎竟自领悟，顿首而去。宋时，此处改名寿昌寺，供奉五百一十六位罗汉，就是五百罗汉外加上十六位罗汉。万年寺与石梁隔着一条罗汉岭，"罗汉岭"周围的田畴被称为"罗汉田"。传说早年寺中举行千僧斋，有两个衣冠不整的人来到山门外，却被寺僧拒绝进入，他们扛起寺田拔腿就跑，寺院方丈知道是罗汉光临，就起座紧追不舍，一直追到岭脚，反复恳求，两位罗汉才把肩膀上扛着的田放了下来。人称万年福田，可立基业，信然。

传说以前万年寺周边都是汪洋大海，寺里曾住了个庞居士，不爱钱财，却有金银无数，尽管广施民众，但依然无处安放，便铸造了十八金人，放在天井里任凭风吹雨打，十八个金人得了天地灵气，就坐船出外旅游。船夫问他们要船钱，他们就让船夫用斧子砍下一个金脚趾。十八个金人回来了，十八个强盗随后跟来。庞居士就让他们一人背着一个金人离去。走到了岭头，十八个金人讲了一套因果，十八个强盗感悟了，发心修行，成了罗汉。庞居士嫌金银碍手碍脚，又雇了两个人去埋葬，一个挖坑一个送饭，挖坑的趁送饭的不注意，把他一锄敲死，放开肚皮狼吞虎咽起来，不知被送饭的事先下了毒，随之也送了命。许多鸟飞来，纷纷啄食地上的饭粒，同样一命呜呼。"人为财死，鸟为食亡。"后来庞居士打了七条铁船，把所有金银载到东洋大海里倒掉。黄金落水变黄鱼，白银落水变带鱼。七条铁船成了七个山坳，系缆铁船的地方也成为"铁船湖"。

这是天台山流传的民间故事，颇有现实教育意义，也透现着中国佛门的大智慧。或许，普岸、庞居士和罗汉的传说似乎玄虚了，但万年山的罗汉岭和罗汉田，是恬淡朴素的，有着许多值得探究的深邃精神。

地处天台一隅的万年古刹，历史上高僧云集。他们筚路蓝缕，黄卷青灯，深究学理，苦苦参禅，万年寺自然有过辉煌与风光。早在南宋时期，日本僧人荣西从师万年寺的虚庵怀敞法师受临济宗禅法，重修了万年寺的山门及两庑。他将天台山的茶种带到了日本，种植于竹前的脊振山和博多的福寺山中，他也成了日本的茶圣。他的再传弟子道元和法孙圆尔辨圆入万年山求法，开创了日本佛教曹洞宗和临济宗，万年寺从此名扬东瀛。

万年寺的兴盛，与它吉祥的名字有关，由此，它得到帝王的尊崇。宋孝宗问天台人宋之瑞：何所居住？答：臣家天台。问：你处名山圣刹孰能冠？答：惟有太平、鸿福、国清、万年！皇上龙颜大喜。宋太平兴国、天禧年间，朝廷累赐万年寺以朱衣宝盖及御袍曳履；宋仁宗赐衣万年寺，上绣"如朕亲到"字

◎ 万年寺山门

◎万年寺大雄宝殿

样，万年寺专建"亲到堂"奉之。万年之名，在皇帝看来，是吉利的，象征着基业万年，就像国清昭示着国家清平一样。所以，宋时万年寺规模最大，列为全国十大名刹之一。尽管在清顺治年间（1644～1661）被火焚过一次，但到清代乾隆嘉庆年间（1736～1820）古刹重光，殿宇数以千计，一次度僧 500 余人。

　　从《天台县志稿·方外传·释》中，我见到这么一则记载，却是真实的生活禅。清高宗时，万年寺住持僧物成，向朝廷请赐藏经。他相貌丑陋至极，高宗嫌恶不已，问其名，答物成，高宗错听为佛成，"既然佛成，何必请经"！下旨将其投入大牢，物成不饮不食，端坐七日，入定安详。有亲王远见狱中升起火光，近而视之，见物成端坐，便启奏皇上。高宗召来物成面试，物成背诵《金刚经》，对答如流，果然不同凡俗，乃赐《龙藏》一部。

　　我曾经见过日本人拍摄万年寺的老照片，气派宏大，可惜遭遇兵燹，仅留三大殿（大雄宝殿、天王殿、光寿楼）三古杉而已！

想当年徐霞客来时，"寺前后多古杉，悉三人围，鹤巢于上，传声嘹呖，亦山中一清响也"，不觉怅然。

我们曾经好几次到万年寺举行文学创作读书会，肃立在万年寺幸存的大殿里回望当年的辉煌。大殿柱需两人才能合抱，挂着几副残破的对联，让我久久沉凝。独自坐在大殿的廊檐下，看山雾缕缕，充盈在每个瓦楞和桁椽间，觉得万年寺着实是个憔悴的老僧，历经沧桑，在岁月的烟尘里，结跏趺坐，寂静、冷清，完成苦苦的一生守候。

20世纪末期，这里来了两个僧人，一个叫雪童，能诗善文，为万年寺的重兴奔波，可惜事业未竟，壮志未酬，而继承遗志的是他的徒弟悟知，一个三十多岁的青年。他们苦修经年，万年寺迎来了重兴。公路也通了，围墙以及配套设施也新建起来了，古刹新兴，一片辉煌。进入西南禅壁的重檐山门，从万年禅寺的匾额下穿过去，走过修竹翠木相拥的甬道，我从天王殿中看到赵朴初所题写的"东晋名刹"四字，这万年寺的悠久的历史令人景仰，中外拜谒者纷至沓来，我想万年寺的前辈们，会感到由衷的欣慰的！

万年寺大雄宝殿的柱子上，挂着天台乡贤高汉先生所撰写的对联，立显特色精神：

名山复古刹　金容庄严　触目皆是清净土
胜地建道场　甘露遍洒　经耳无非微妙音

从大雄宝殿转过去，进入了讲法堂，其楼上是藏经阁。讲法堂内有缅甸白玉佛一尊，重5吨，为台湾信士所赠，原藏国清寺，后转奉在此。堂内对联为弘一大师所书，"听闻正法，断诸

疑惑，忆持不忘，如说修行"，可与万年寺挂于大雄宝殿之上的另一副弘一大师所写的对联相呼应："平等观诸法，其心无所染；慈光照十方，为众作归依。"三大殿为万年寺的中轴线。东序，为云水堂，可接待僧人挂单，也可供游人住宿，后面是僧寮，为僧人的起居生活区。北端是斋堂，并列与禅堂，之间通有长廊至厨房（香积厨），其后为方丈楼。万年寺的西序，影堂位于南端，为供奉历代的祖师像、珍藏历史文物之所，其中为竹堂，其北为罗汉堂，总体布局结构是相当完整的。

清代诗人袁枚到过万年寺，感知寺院生活禅，作诗道：

◎佛日增辉

一庵行到一钟鸣
五百袈裟树下迎
八簋例供香积饭
三更风送木鱼声
僧墙字满诗人少
云雾茶浓水味清
老我江淹无彩笔
不及萧寺尽题名

寺院茶饭，都来自香积厨。一茶一饭都是清净的，是虔诚的。于是想到了"执事敬"三个字。在万年寺，感知天台山佛学院的学僧生活，体验尤为真切。天台佛学院的前身是创立于1931年的天台山佛学研究社，50年代后停止活动，改革开放后，又重新开始传道授业解惑。它由真觉寺迁来，学员数十名，来自全国各地，不时有人出去，不时有人进来。除学习天台宗教义之外，还学习古代汉语、书法、日语和电脑技术。每周休息一天，一天七节课。做早晚课，念诵《法华经》，要一个小时静坐止观。凌晨四点半起床，晚上九点半就寝。学业空暇时，则戴竹笠挂竹杖穿芒鞋，云水行脚，遍览天台山风景。吃饭清素，衣服从简，起居有节，生活寒苦，但心有所依，得其极乐。

离开万年寺，如果向西行走，可到白鹤殿，途经桐坑溪龙穿峡。徐霞客在游记中说："坑穷，一瀑破东崖下坠，其上乱峰森立，路无可上。由西岭跻，绕出其北，回瞰瀑背，石门双插，内有龙潭在焉。"龙川峡也称龙穿峡，前有霞客坪，为纪念徐霞客所设。伫立于此，面对青山，如赏绚丽画图。峡谷之水，名为秀溪。秀溪之上，瀑布诸多，人称"五泄"。曰缭绫，曰紫阳，曰灵宝，曰白鹤，曰潇湘，由飘曳的缭绫瀑，想起白居易的"缭绫缭绫何所似？不似罗绡与纨绮。应似天台山上明月泉"之句，自有飘逸之气。瀑布与此带山崖，有仙风道骨凌虚之势。峡谷之中，幽石伴碧潭，有三友台、青莲台、醉池，则为诗仙李白精神所化，这里绝壁千仞，翠绿欲飞，飞瀑如龙，从悬崖中间穿出，在龙川瀑上端，蓦然回首，即徐霞客所说的"石门双插"，一线天般的崖缝，人称龙穿壁。司马瀑落差80多米，与旁边的子微亭相得益彰，该亭为纪念唐代高道司马承祯所建。沿路而行，过观瀑台、剑台、镜台等石景，站在全国首例的双曲拱形水库石坝之上，山色水色随手而招。这水库波光浩渺，青山绿水，宁静安详，人称天池沐翠，点缀醉琼楼、凝翠轩、银河渡诸景，亦能养心怡情。

自万年寺向西北走7公里的山路，来到了万马渡。万马渡之溪流，发源于大风缺和鹰洞岗，几乎是平行地流淌着。在交汇之处，几乎成了90度的直角。鲍家浪是个几十户人家的小山村，背靠天姥，距新昌横渡桥仅有5公里。村口有一座石桥，站在桥上俯瞰，脚下流动的竟是滚滚的石浪。有人考证出中国第四纪冰川的擦痕。这成群结队的巨石，被冰川冲下来，搁在这溪谷之间，经过沧桑和风雨，在这里安卧，每当山溪猛涨的时候，它们的生命神采就被焕发了起来，或腾越，或低首，或长嘶，或摩痒，或驻足，形神兼备，身下飞舞的激浪带着轰响的蹄声，扬起不绝的征尘。

万马渡附近，有一座天姥岩，李白《梦游天姥吟留别》中的天姥山因其得名。传说，登天姥山者可以听到天姥（王母）歌谣之声。李白没有到过真正的天姥山，望文生义，才吟出"越人语天姥，云霞明灭或可睹。天姥连天向天横，势拔五岳掩赤城。天台四万八千丈，对此欲倒东南倾"的句子，作为诗仙浪漫主义的构想，是传神美妙的，但不切合实际生活。

天姥山紧靠谢公古道。谢灵运有"暝投剡中宿，明登天姥岑"句。李白诗云："谢公宿处今尚在，渌水荡漾清猿啼。脚著谢公屐，身登青云梯。"谢公屐为带齿的登山鞋，上山去前齿，下山去后齿，步步坚牢，天姥山在唐诗里出现的概率甚大，往往被写成天姥岑，有人说岑为岭之误。储光羲云："以我采薇意，传之天姥岑。"孙逖《浙江夜宿》："富春渚上潮未还，天姥岑边月初落。烟水茫茫多苦辛，更闻江上越人吟。"僧鸾《赠李粲秀才》："梦乘明月清沈沈，飞到天台天姥岑。"人们往往把天台与新昌交界的小小山峦称为"天姥山"，却不知这座天造地设栩栩如生的天姥岩。天姥岩位于万马渡天台一侧的山冈上。清代桐城派代表人物方苞实地考察了天姥山，觉得它是一小丘，徐霞客也在游记里仅仅顺便提了一下名字，并没有看见过天姥岩。

从万马渡石桥上往天台方向行走，经过毛里坑村，路边有岩石桁架犹如天然的路廊，绕过去，便见崖顶上有一块天鸡石，其下，就是一块犹如老妇的岩石，这就是天姥岩，高10余米，是三块石叠起来的，上面一块略呈方形，是天姥的头部，脸形丰满，五官端正，面带笑容，安静慈祥，远远望去，脑后还绾着一个高髻，竟还插着一支玉簪。中部岩石略呈梯形，胸腹高挺，一派富态，她双臂环抱胸前，靠在坡上养神歇息。下面的岩石略呈圆台形，则是天姥的裙幅了。有人还看出她典型的唐代服饰。

天鸡岩位于天姥岩右侧。有人登上去能摇动，故又称它为风动石。天姥岩左侧，有石如朝笏，其上方松林里有隐佛岩。从鲍家浪向新昌的雪家坑行走，两旁的秀崖犹如斧削，嶙峋参差，周围的群岩，恰如灵兽集聚，前簇后拥，两旁林木葳蕤，花草迷离，峰峦叠翠，正如李白诗中所说，"千岩万转路不定，迷花倚石忽已暝。熊咆龙吟殷岩泉，栗深林兮惊层巅。云青青兮欲雨，水澹澹兮生烟"，对着实景，反复吟哦李白的诗句，潇洒漫行，不是梦游，而是脚踏实地地进入仙界。

天姥山、万马渡关岭一线，为谢公古道，有许多驿站，五里一亭，十里一铺，所谓的驿站亭铺，都是供行人歇息的地方。天姥山麓关岭头有小庙，供奉地藏王菩萨的庙宇，另奉谢灵运塑像。新昌与天台的界线从一个30米长的路廊中间穿过去。路廊两边各有七八间房子，分属两县管辖，二十根三四米长的条木与廊柱连接，成为简易的长凳子，供行人小憩。路廊里住着八九户

◎ 万马渡

人家。中间三间辟为小庙，供奉着白鹤大帝、财神、土地诸多神祇。六七十户人家，居住于路廊东侧的林中，二十来户属天台管，操天台口音，其余的属新昌管，说新昌话。关岭头地势险要，旧称虎狼关，是天台山通往京城的必经之路。

来往天台天姥间
欲求真诀驻衰颜
星河半落岩前寺
云雾初开岭上关
丹壑树多风浩浩
碧溪苔浅水潺潺

可知刘阮逢人处

行尽深山又是山

　　唐代诗人许浑的这
首诗，也是我此间的自在
行吟。

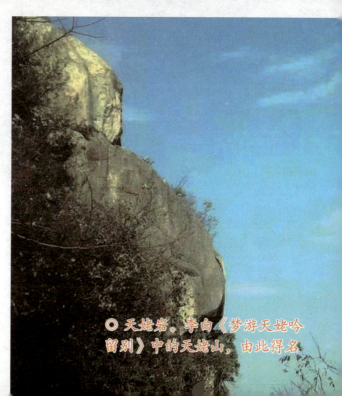

◎ 天姥岩。李白《梦游天姥吟
留别》中的天姥山，由此得名

◎ 关岭头

诗意寒山中的光风霁月

从关岭乘车，经过白鹤，到科山村，转乘街头镇的车，我直奔天台西部寒石山而去。

我随身带来比尔·波特（Bill Porter）的《空谷幽兰》。比尔·波特笔名赤松居士，生于美国洛杉矶，在哥伦比亚大学攻读人类学博士，从中接触中国文化典籍，过了两年，他来到台湾佛光山，开始真正的禅修生活，他把寒山诗全部译成英文，萌发来中国寻找真正隐士的愿望，后来果然成行了。在《空谷幽兰》中，我看到了一张照片，一眼看出就是寒石山的景色。当年比尔·波特坐着摇摇晃晃的农用三轮车去寒石山。黄土路坑坑洼洼，把他颠簸得胃里翻江倒海，但他还是很乐意，在这里完成了灵魂的归乡。

一路上，我的耳旁响着一首优雅的梵乐《寒山僧踪》，而今，我一步步循着寒山子的踪迹来了。

齐召南把寒山与葛玄、白云先生、司马承祯和张伯端同列为天台五仙，作歌咏之：

> 寒山子　居寒山　题诗多在溪石间
> 国清白日往复还　是佛是仙总玩世
> 当时颇目为痴顽　荷衣萝带桦皮冠

竹筒饭渖欣加餐　拍掌大笑对拾得
狂歌骑虎随丰干　丰干饶舌竟何益
作礼文殊太相逼　间邱策马马骄嘶
嘶入寒山万里壁

寒山所居的寒石山，离天台县西40公里。据《仙传拾遗》所载，寒山子，生平籍贯不详，有人说可能是来自陕西咸阳西安一带的人氏，生活于中唐年间。在国清寺，寒山子扫地当清洁工，拾得烧火当炊事员，他是寒山子在去寒石山路上捡回来的一个孩子。国清寺附近有一座山岭叫作拾得岭。拾得与佛像对坐吃饭，指着陈憍如佛像嬉笑道，你这个小儿是个自修自行的声闻（罗汉），寺僧觉得他谤佛（对佛讲不尊敬的话），便让他到厨房里洗碗。拾得经过伽蓝殿，看见乌鸦把供奉的食果弄得一塌糊涂，就气狠狠地用棍子敲打着伽蓝佛的头，你连自己的饭食都护不好，还护寺院？第二天，全寺僧人都梦见伽蓝佛哭诉：拾得打我。拾得赶着牛经过寺里，正巧寺里布萨——僧人说戒自新大

◎ 国清寺三贤殿供奉的寒山、拾得和丰干像

会，老尊宿大怒，说他破坏说戒。拾得说，无嗔即是戒，心净即出家，我性与汝合，一切法无差。尊宿要打拾得，让他把牛牵出去。拾得说，这些牛都是前生的律师和尊宿，都有法号，我可以唤它们出来。拾得唤道："前生律师弘靖出。"一头白牛哞了一声走过去。又唤一声："前生首座光超出。"一头黑牛哞了一声走过去。如此再三，拾得道："前生不持戒，人面而兽心。汝今招此咎，怨恨于何人？佛力虽然大，汝辜于佛恩。"大家皆为惊奇。

在国清寺，寒山认识了丰干。丰干是天台东门丰家村人，骑着一只被他驯服的老虎自由进出山门。寒山、拾得、丰干三人常对空谩骂，行为放浪，寺僧都举杖驱逐之。因为拾得洗碗方便，寒山将僧人吃剩的饭粒洗净晒干，装在竹筒里，背负到寒岩。他布衣破敝，桦皮为冠，吟诗作歌，相互唱和，或雅或俗，尽出天然。寒山道：

> 惯居幽隐处　乍向国清中　时访丰干道　仍来看拾公
> 独回上寒岩　无人话合同　寻究无源水　源穷水不穷

天台寒石山以人名，人亦因诗名，山、人、诗合而为一，非别处名山可比。寒石山从东到西蜿蜒十数里，一路望去，道道壁立的山崖，在溪畔罗列，高低错落，犹如在空中坠下的无数惊叹号，激起如诗如歌的雾霭烟尘。徐霞客云，"循溪行山下，一带峭壁巉崖，草木盘垂其上，内多海棠、紫荆，映荫溪色，香风来处，玉兰芳草，处处不绝。已至一山嘴，石壁直竖涧底，涧深流驶，旁无余地"，实际上指的是"十里铁甲龙"，山崖层层卓立，地学上称之为"海蚀岩"。寒岩洞为寒山拾得生活起居的所在，

而上面的箫岩洞则是他们打坐禅修的好地方，这就是寒山子诗里的"重岩"。"重岩"就像天然的两层楼宇。

> 重岩我卜居　鸟道绝人迹　庭际何所有　白云抱幽石
> 住兹凡几年　屡见春冬易　寄语钟鼎家　虚名定无益

在山洞中漫行，重岩下卜居，寒山子忘却一切烦忧，并为之津津乐道了：

> 独卧重岩下　蒸云昼不消　室中虽㖶㘂　心里绝喧嚣
> 梦去游金阙　魂归度石桥　抛除闹我者　历历树间瓢

> 欲得安身处　寒山可长保　微风吹幽松　近听声愈好
> 下有斑白人　喃喃读黄老　十年归不得　忘却来时道

> 寒山唯白云　寂寂绝埃尘　草座山脚有　孤灯明月轮
> 石床临碧沼　虎鹿每为邻　自美幽居乐　长为象外人

寒石山下连绵的地垄，三三两两飘摇的小树，掩映着崖端的褶皱和溪流的水纹；崖上有两个幽深的洞府，一南一北，朝南的称为明岩，朝北的称为寒岩，人们又称它为暗岩。寒岩的得名，因其向北，阳光很少照耀，洞中寒气袅袅之故。而明岩则反之，阳光充足温煦。上坡，过一山口，见山村几户，对山就是翠色的十里铁甲龙。两溪汇合于桥下，过桥，往左转，从象岩鼻子底下穿过去，即到明岩。我第一次来的时候，没有任何建筑物，一派原始，自由出入，富有野趣，而今却迥然不同。

我喜欢明岩的景色。天台民谣"晴天落白雨，和尚背妇孺"，说的是明岩洞外的景色。明岩洞口，有许多条灵泉丝丝缕缕，挂岩而下，犹如风中的珠帘，摇曳生姿；在象岩的一侧百余丈高的岩柱上，两块风化的岩石组成了一个天然的雕塑，也就是徐霞客游记中所记述的，"岩外一特石，高数丈，上岐立如两人，僧指为寒山、拾得云"，其实应该为"和尚背妇孺"。而狮山一侧，则有一石擎天，四面凌空，犹如一位护法的韦驮，威武雄伟，人称"石柱撑云"。据说早前石柱顶上有一根长藤垂下，刚好飘到底下的蛤蟆石上，于是被人称为"唐郎钓蟾"。徐霞客云，明岩洞外，左有两岩，皆在半壁；"石笋突耸，上齐石壁，相去一线，青松紫蕊，蓊荟于上，恰与左岩相对，可称奇绝"。沿小路行到柱下，两旁岩石门立，路窄不盈尺，人称八寸关，旁边则有巨石，如黄狗盘地一般。进八寸关，穿过一线天，就进入了明岩洞中，洞府幽深，光线倏地暗下来，凉气袭人、透彻肺腑，更有如帘的岩泉，颇能荡涤身心。明岩洞形如弯月，从西边的岩壁透出身来，就看到一座寒山、拾得、丰干的纪念塔。转过塔前，对面的岩壁上，斑驳的水痕竟映出五匹马的图案，就是传说中的五马隐（影）了。据传，台州刺史闾邱胤患了头疼症，久治不愈，后来遇到丰干，丰干给他抹了一碗清水，头疼即消。他问丰干：台州有何高明之士？丰干答：有，在国清寺，是文殊、普贤的化身。你可别以貌取人呀！刺史来到国清寺，果然找到了寒山、拾得。刺史恭敬行礼，寒山、拾得高笑道：丰干饶舌，你不识弥陀，礼我何为？携手跑出山门。刺史立即派五名亲兵策马追赶。到了寒石山，寒拾二人手一扬，岩壁裂开，五匹骏马也长啸一

◎寒石山，当地人称为"十里铁甲龙"

声，将亲兵抛下，穿壁而去。岩壁复又合拢，五马隐（影）永远留驻此间了。

徐霞客游寒山时，在明岩寺就餐。"饭后云阴溃散，新月在天，人在回岩顶上，对之清光溢壁。"听当地人说，明岩洞和寒岩洞是相通的，但没有人探究过，尽管山后就是寒岩，但都是绝壁悬崖，难以直达，须从老路返回，北行到桥头南端，转向西行，经过张家弄村。张家弄也叫作张家衕，衕即是胡同的同字的繁体字，因比较生僻，又改名为张家桐。

张家桐位于寒石山脚下，翠崖犹如屏风一般，近在咫尺，有人把寒石山又称为翠屏山。透过张家桐的农舍屋顶仰首看去，寒石山立显雄伟秀奇。张家桐村的黄墙瓦屋在屏风一样的崖壁上依偎着，嘉禾葱茏，篱笆连绵，鸡犬相闻，牛哞声声，农夫耕作田园，诗意无限。现代画家朱恒和吴冠中在村中久久流连，画了不少佳作；吴

冠中作画时，村里有个看上去七八岁却实际有十来岁的女孩紧紧跟随，令他挂念不已。

寒岩洞是天台山最大的天然石洞，广达 2000 平方米，略呈方形，平坦宽敞，旧名拊石洞，因寒山子隐居于此，又名潜真洞，洞中原有米芾的题字。洞前有石，犹如桌凳，传为寒山、拾得、丰干清谈啸吟之所。岩前左边有石，如蟒蛇出洞，右边有石如乌龟上山，人称玄武，洞口的左侧山坡之上，有两块巨石，撑地而起，上边接合成一体，人称旱石梁。寒岩洞一旁，用砖砌了几所小房子，尽管与岩洞的格调不契合，但也是当地村民集资修建的，据说为了敬奉寒山，有一对老居士住着，他给我们喝茶，天台茶泡上真正的寒山岩壁水，味道确实不同一般。

寒岩洞后东南，数百步开外，犹如屋檐的崖上，一挂清泉，袅袅娜娜，微风徐来，飘忽如丝，散落如珠。每当夕阳西下，轻歌曼舞，化成七色虹影。重阳时节更为美妙。这就是寒岩夕照，天台山八景之一。崖下的深潭，却被乱石堵塞了。我渐渐地把视线游移开来，不远处有旱石梁，两根巨石下分上连，犹如鹊桥，非仙佛可渡。

寒岩洞夏天可纳凉，在冬天亦可静坐。寒石山山崖倾削，坡陡岭峻，沿着一条幽回的小径，可达山顶。这条山径，就是"寒山道"了。寒山子对此是深爱有加，且歌且行：

君问寒山道　寒山路不通　夏天冰未释　日出雾朦胧
似我何由届　与君心不同　君心若似我　还得到其中

杳杳寒山道　落落冷涧滨　啾啾常有鸟　寂寂更无人
浙浙风吹面　纷纷雪积身　朝朝不见日　岁岁不知春

从寒山诗中得知，寒山子原本出身名门望族，家境优裕，"弟兄同五郡，父子本三州"，好书弄剑，"联翩骑白马，喝兔放苍鹰"，虽然三遇明君，但终"东守文不赏，西征武不勋"，报国无门，学非所用，结果家境中落，"缘遭他辈责，剩被自妻疏"，在而立之年，满怀凄楚，抛家别业，从中原直奔天台山而来。"我闻天台山，山中有琪树。永言欲攀之，莫晓石桥路"，"卜择居幽地，天台莫更言"，悠然自得行走在秀美的山水之间，尽管居无定所，但此间山寺和洞府成了他天然的居所。

寒山深　称我心　纯白石　勿黄金
泉声响　抚伯琴　有子期　辨此音
重岩中　足清风　扇不摇　凉气通
明月照　白云笼　独自坐　一老翁

寒山、拾得、丰干飘摇于山石丛林之间，作歌长啸，每有佳句涌出，辄题写于山石竹木和村舍土墙之间。寒山诗多用口语，或讥讽时态，或警励世俗，或宣扬禅理，在中国白话文学史中具有十分重要而独特的地位。在三百多首寒山诗中，大部分是咏赞寒石山风景的。

寒山子竭力体现人与自然的和谐，同时也注重世俗化生活化，通俗劝世，阐明佛理，幽默风趣，朴实流畅。他看见一个老财，六十多岁了，依仗自己有钱有势，强娶一个芳龄二八的少女，订婚之日，少女痛不欲生。寒山将诗写到老财的墙壁上：

老翁娶少女　发白妇不耐　老婆娶少夫　面黄夫不爱

老翁娶老婆　一一无弃背　少妇嫁少夫　各各相怜态

老财看见了，羞愧不已，就罢了婚议。寒山子看见周围许多村民依然贫寒，缺少经营之道，就写诗在墙上，宣传养牛的好处：

丈夫莫守困　无钱需经纪　养得一牸牛　生得五犊子

犊子又生儿　积数无穷已　寄语陶朱公　富与君相似

◎ 明岩洞合掌岩

村民听他所说真的去养牛，果然发家致富了。

传说寒山、拾得在国清寺时，曾辛苦照料一位自越州过来进香的汪氏婆婆与其女儿芙蓉。汪氏临终之时，将女儿托付给寒山、拾得，可与其中一位结为婚姻。寒山发现自己与拾得同时爱上了芙蓉，于是抽身勇退，临走之前在墙上画了一个和尚，写了一首诗，表明自己出家去了，诗曰：

> 相唤采芙蓉　可怜清江里　游戏不觉暮　屡见狂风起
> 浪捧鸳鸯儿　波摇鹈鹕子　此时居舟楫　浩荡情无已

拾得发现之后，立即对芙蓉说，我要寻找哥哥去了。芙蓉也理解他们的兄弟感情，也忍痛割爱。拾得来到江苏枫桥，听说寺里来了一个新和尚，问其人装束，如寒山相似。拾得高兴地从池里摘来荷花荷叶举在手里，正巧寒山从山门里出来。看见弟弟来了，就回去捧了一个食盒迎接了出来，久别重逢的兄弟两人又在桥上见面了。拾得捧着荷花，称作和，寒山捧着食盒，是为合，尊为和合二仙，有吉祥之意，百年和合。宋代时，寒山拾得就被奉为婚姻之神。清雍正十一年（1733），皇帝正式封寒山为"和圣"，拾得为"合圣"，和合二仙的崇拜流入日本。苏州妙利普明塔院，因为寒山子做过住持，也就称为寒山寺了。

张继《枫桥夜泊》云：

> 月落乌啼霜满天　江枫渔火对愁眠
> 姑苏城外寒山寺　夜半钟声到客船

寒山寺很小，文化底蕴规模难与国清寺比肩，但因为张继的绝句，连寺里的钟声也一起名扬中外。通读三百十四首寒山诗，却没有一首写到姑苏寒山寺的。不过，"明岩寒山两钟应，天台姑苏一脉承"，苏州寒山寺有副楹联写道：

　　江枫渔火　　胜地重来　　与国清寺并起宗风
　　　依旧钟声闻夜半
　　木屐桦冠　　仰天长笑　　有寒山集独参妙谛
　　　长留诗句在吴中

寒山诗写得最多的是天台景物，他在寒石山生活了七十多年，最后终老在那里。张家桐陈熙先生曾考证说，明岩谷中的寒拾纪念塔下，就是寒山的墓地了，人称唐坟。

与李提摩太在天台山抄录的那个万能救心方一样，寒山拾得的问答也是充满智慧的，那就是与人为善、与世无争。寒山问拾得曰：世间谤我欺我辱我笑我轻我贱我恶我骗我，如何处治乎？拾得回答：只是忍他让他由他避他耐他敬他不要理他，你且看他。这确实是一种宽宏大量，与世无争，做人若有这种平和的心境，任何意气都能消除，怎么不感到快乐？

寒山子是自由的。寒山诗也是自由的，寒石山给了他更自由的境界。寒山子自况：

　　多少天台人　不识寒山子　莫知真意度　唤作闲言语
　　不恨会人稀　只为知音寡　忽遇明眼人　即自流天下

　　尽管寒石山幽冷寂寞，但寒山子的知音并不寡，将寒山子的诗作收集编纂成册的不是佛门子弟，而是天台桐柏山道士杜光庭。自寒山子去世后 1000 年，寒山诗被翻译成英语、日语、法语等，为不同地域不同文化背景的人们所吟咏。首先是日本发行宋版的寒山诗集，作家森鸥外还专门以寒山拾得题材写了一部小说；"五四"时期，中国也提倡白话运动，胡适等人也予以竭力推扬；在比尔·波特的全集翻译之前，20 世纪五六十年代，寒山子竟远渡重洋，经过加里·斯奈德等人的翻译和推介，寒山也成了现代美国青年人尤其是嬉皮士心目中的偶像，寒山诗也成了他们心目中的圣经。美国作家凯鲁亚克的小说《达摩流浪者》和《在路上》把寒山的狂放自由精神发挥到了极致，演唱《答案在风中飘》和《大雨将至》的歌手鲍勃迪伦也成为寒山子忠实的拥趸。美国电影《冷山》的原著小说一开始就引用了寒山子的诗句：

　　登涉寒山道　寒山路不穷　溪长石磊磊　涧阔草蒙蒙
　　苔滑非关雨　松鸣不假风　谁能超世累　共坐白云中

　　如果电影和小说译成《寒山》，则更贴切不过了。
　　寒石山最美之时，是清明的月夜，伫立寒明，空灵月色之下，茶山溪泛起清冷月光，映衬朦胧中的灵芝伞岩，狮象诸石随形敷影，无不酷肖。寒明两岩远离尘嚣，寂静清幽。行止坐卧，虚月长随。万籁俱静，唯有幽邃的月华倾泻寒山的丛林之间，那耸峙的灵峰，那欢跃的明泉，那沉凝的崖石，都是寒山诗的悠悠韵律。
　　寒山诗中出现最多的，除了"寒山"外，就是"明月"，明月成为寒山的绝好映衬：

自乐生平道　烟萝石洞间　野情多放旷　长伴白云闲
有路不通世　无心孰可攀　石床孤夜坐　圆月出寒山

岩前独静坐　圆月当天耀　万象影现中　一轮本无照
廓然神自清　含虚洞玄妙　因指见其月　月是心枢要

闲自访高僧　烟山万万层　师亲指归路　月挂一轮灯
吾心如秋月　碧潭清皎
洁　无物堪比伦　教我如何说

　　寒山子不愧是咏月的高
手！如此佳句，且把明月当成
心中"枢要"，明月就是他纯
洁的心地，诗坛谁与之匹？我
忽然明白了"寒"字的真正含
义。"寒"是清苦，"寒"是幽
凉，"寒"是无边的风月，"寒"
是自然的人生，皎洁的寒月下
照样可以自在啸傲，放歌寄
情，尽情地袒露我们的本真。
寒山月下我不再迷惘了，寒山
诗中我不再烦忧。我的灵魂真
正地融入到寒山月色中了。

◎ 寒岩鹊桥

◎ 寒石山下张家桐村小弄，吴冠中先生曾在此写生

相伴济颠，携一路狂禅回家

　　天台山中，最有文学艺术意味的人物形象就是寒山和济公（1130—1209）了。一般人接触济公，是从影视和小说里。小说有郭小亭的《济公全传》，戏剧有张大复作的《醉菩提》，电影有《济公斗蟋蟀》，电视剧有游本昌主演的《济公》《济公游记》、张国立主演的《济公新传》等。《鞋儿破帽儿破》《一半脸儿》歌曲，妇孺皆知。济公的破帽、破袈裟、破芭蕉扇、破拖鞋、破酒葫芦，歪扭成S形的身段，哭笑不得阴阳怪气的脸色表情，可与《西游记》中腰围虎皮裙、头戴金刚圈、手挥金箍棒的孙悟空和《封神演义》中三头六臂、脚踏风火轮、手举乾坤圈混天绫和火尖枪的哪吒相媲美，是中国经典文学形象，与美国迪士尼的米老鼠、唐老鸭一样，实在招人喜欢。

　　相传南宋浙江台州府天台县李茂春家，中年无嗣，到国清寺拜佛求子，殿内第十七尊降龙罗汉轰然倒塌。李茂春夫妇吓得手脚乱颤。老和尚却眉开眼笑：罗汉投胎到你家了。怀胎十月，李茂春夫人终于产下一个哭闹不止的孩子。他们刚想把孩子抱到国清寺，老和尚就来了，摸了摸孩子的头，说，少安毋躁，既来之则安之吧。孩子竟然破涕为笑了。

　　济公的出生地在天台小北门外的石墙头，那里有一大片地，

○ 赤城山济公像

被称为李家洋。据考证，济公家族高祖为李勍（988—1038），娶宋真宗赵恒妹万寿公主为妻，尊称为"遵勍"，世系为：李崇炬—李继昌—李遵勍—李端懿、李端愿、李端悫—李评—李涓—李茂春—李修缘（元）。李氏家族在南宋时为天台高门望族，世代仕宦，将门出身，为官清正，政绩卓著，《宋史》有记：他的家族是随着宋室南迁到天台，代代信佛行善，李茂春归隐民间，广为布施。

济公的俗名李修缘(元)，住家外面就是红色溪床的赭溪，这溪床的岩石就像赤城山崖一样鲜艳如火。六七岁的时候，李修缘在溪边游玩，坐在石头上，一边拿着母亲洗好的芥菜叶，蘸着溪水乱甩，一边大喊大叫：杭州着火了，杭州着火了。不几日，果然杭州传来消息，街上起了大火，天上忽然刮来一阵风，起了一片云，下了一场雨，把大火浇熄了。他的叔叔不信，对李修缘说，既然你有这样的本事，就带我去杭州吧。李修缘说，可以，你把眼睛闭上，把手伸过来。叔叔照做了，只听到风声呼呼，不一会儿到了杭州。叔叔睁开眼睛，说，你真的神奇，我想溜达，买点东西，李修缘说，好的好的。但叔叔着迷了，买了很多东西，还吹胡子瞪眼睛，赖着不肯回家：我是你叔叔，你得听我的。李修缘说，你到底回去不回去？叔叔说，不回去！于是李修缘扭头不见了。叔叔只好走了一个月回天台。叔叔囊中羞涩，吃饭成了问题，不过他要吃饭的时候，衣袋里就会冒出三个铜板，不多不少，只够填饱肚子。这都是天台民间流传的济公故事，不见经传。

李修缘小时候，总是到赭溪滩上看云碓捣米磨粉，翻开断砖乱石逮蟋蟀。蟋蟀，蛐蛐儿，天台人叫作"游走""油奏"。电影《济公斗蟋蟀》讲述：做木匠的张煜，好奇偷看罗公子的蟋蟀，结果蟋蟀跑了。罗公子要木匠三天之内交出蟋蟀，否则要他的命。木匠无奈之下想投河，济公给了他一只半死的蟋蟀，木匠拿着蟋蟀同罗公子说，它能斗败大公鸡，一试果真如此。罗公子高兴地拿出了五百两银子买下，但蟋蟀给罗公子弄跑了。罗公子听见蟋蟀的叫声在哪里响起，就让人拆掉哪里的房子，结果整个府邸倒塌了，罗公子被压在下面，几乎成了一只蟋蟀。天台蟋蟀与李修缘有关，也与宰相贾似道有关，所凑巧的两个都是天台人，都属于南宋这个朝代，据说贾似道专门写了一本养蟋蟀和斗蟋蟀的书——《促织经》，是斗虫迷的圣经，那玩意儿与李修缘救贫扶困的精神是背道而驰的。

李修缘是国清寺的降龙罗汉降生的，就得回国清寺去。他跪在住持僧法空的面前，恳求收自己为徒。法空让他住在寺里，勤修佛法。有个叫智清的僧人嫉妒他，说他是从家里逃出来的，六根不净，要李修缘在智清坐着的那条板凳下来回钻六次。李修缘不干。法空为李摩顶受戒后，由此修缘的姓氏从李改为释，法名叫道济。道济出家后，觉得国清寺容不下自己，就投奔杭州灵隐寺的慧远法师。道济不喜欢坐禅，在蒲团上倒下来，老是挨竹篦子。他总是在飞来峰下吃狗肉，睡在飞来洞的石头上图凉快。僧人们有意见，尽力挑唆挤兑他，说道济屡次违背戒律，遭打，甚至要赶他出寺。幸亏慧远法师说，佛门广大，岂不容一颠僧？灵隐寺监院就让他出寺化缘，济公作了一篇疏，说"世人最急是饥寒"，我"但只化一些盐菜"，相当动情。

在灵隐寺，道济开始正式披挂上阵了，头戴破帽，身披破袈裟，手摇破蒲扇，脚穿破拖鞋，腰挂破葫芦，吃狗肉喝老酒，随处躺卧，走路颠颠倒倒，如疯如癫。人们叫他为济颠。他的故事比孙悟空西游打妖怪还精彩，绝无重复之处。杭州传说，灵隐寺这座飞来峰，是从天竺飞来的，济公掐指一算它飞来的时间，看见村庄里有人娶亲，即抢身进去，背起新娘就跑。大家紧追不

◎ 济公故居

舍，山峰劈头落下，大家安全了，道济赶紧让人在山上雕刻佛像，镇住此山。

慧远去世后，道济终究被灵隐寺僧人逐出，寄身于西湖东边的净慈寺。因为他文笔好，道济在净慈寺当上了一个书记。道济看见一位红衣少女，把她拦在山门外，不让进去，遭到方丈一顿呵斥，怎么把善男信女拦阻在门外呢？道济说，你要事（寺）还是不要事（寺）？方丈听错了，说不要事（寺）！道济说，不要事（寺）就不要事（寺）吧，于是放了那位红衣少女进去了。结果红衣少女放了一把火，净慈寺被烧成了一片白地。道济到浙江桐庐的严陵山化缘，拿

◎ 赤城山济公像

起袈裟把山中的树木一罩，沿着钱塘江水底运到净慈寺，从醒心井里把树木运出来，叫僧人把树木够上来，道济问，够了吗？僧人说够了，那一棵树木就留在井里了，能摇得动，但拉不上。这"古井运木"的遗迹，在净慈寺还留存着。无独有偶，道济为新昌大佛寺化缘，整天吃喝，方丈说他整天吃喝玩乐，把集资款全吃光了，要他马上交出来。道济来到大殿，往佛像身上呜里哇啦

狂吐了一番。片刻之间，佛像涂了一半的金，要再涂另一半，对不起，没了。

南宋宁宗嘉定二年（1209）五月十四日，道济在净慈寺高叫"无明发"，然后向寺僧要来纸笔，写下了一首绝命诗，曰：

> 六十年来狼藉　　东壁打倒西壁
> 如今收拾归去　　依旧水连天碧

写完把笔一扔，圆寂了。人们荼毗（火化）他，看见无数舍利子，这些舍利子葬在虎跑定慧禅寺中。道济的师伯居简作了《湖隐方圆叟舍利铭》。我在虎跑寺看见济公与弘一大师李叔同的墓塔，一位是律宗，一位是禅宗，俗姓都为李，感觉有其中的因缘，道济为兄，弘一为弟，如同钟和鼓、木鱼和磬一般，尤为和谐。

道济被尊为禅宗第五十祖，杨岐派第六祖。济公则是民间对道济的尊称，如关羽尊称为"关公"、包拯尊称为"包公"一般。二十多年前，我在编辑天台县民间文学三套集成时，读到曹志天、赵达枢、陈维等先生搜集整理的济公传说，得知天台当地有济公传说数百件，是纯粹的民间文学创作。济公系列民间传说以济公出生的天台和杭州为中心，向周边地区辐射。全国各地都有流传，电视连续剧《济公》就是根据济公民间故事改编的。2006年5月20日，国务院公布了首批518项国家级口头非物质文化遗产，第11项就是浙江天台山的济公传说，与壮族刘三姐传说、维吾尔族叙事长诗《玛纳斯》《格萨尔王传》等一起，收录其中。

林语堂说："受中国民众所爱戴的最伟大的疯和尚无疑是济颠和尚，又名济公，他是一部通俗演义的主人公，这部演义越续越长，其篇幅至今约比《堂吉诃德》多了三倍，看来似乎没有完结。"明清时期有《钱塘渔隐济颠禅师语录》《济公传》《醉菩提全传》《麹头陀传》的传奇小说，都是在济公民间传说的基础上再创作的。

民间将济公作为活佛礼拜，除了杭州西湖灵隐、净慈、虎跑诸寺设立专门殿宇之外，在苏州戒幢律寺，济公站在过道上，在北京的碧云寺，济公坐在屋梁上，在九华山旃檀禅林里，济公与扫秦的疯僧一起供奉，别有禅趣。济公故居的负责人卢梦豹和裴斐先生告诉我，宝岛台湾信仰济公的人占全岛人口的三分之一，有数以百计的济公庙，乩童扮演济公模样，宣讲预言，或指人迷津。香港有圆玄学院和康济会等，将济公与观音菩萨吕洞宾一起祭祀，在东南亚泰国等地的德教社将济公奉为道济天尊，一些信徒将济公像奉在家中，或随身携带，早晚礼敬。

济公为狂禅。所谓狂禅，也即呵佛骂祖、烧佛经、劈佛像取暖之类。据说要成为狂禅，须得具备几个条件，一是已经开悟，

©石墙头

◎ 永宁村

证得空性，能为学佛的人破执着。宋代盛行禅宗，却很少有像济公、寒山一样的狂禅，总是拘泥在教条之中，没有独创精神，庸碌一生，在佛家中说，要破除"法执"。但狂禅过了分，就成了另一个方向的"我执"。但在济公寒山身上，他已经在行动和思想情感上证得了空性，把这种空性化成了无限的诗意。

林语堂先生将寒山与济公相提并论，"寒山和尚，蓬头赤足，在各大寺院跑来跑去，在厨房打杂，吃人家剩下来的残羹冷饭，而在庙寺和厨房的墙壁上中写不朽的诗"。在《生活的艺术》中对济公竭力推崇："智者在人生的迷恋中清醒过来了，这种觉悟含着一种浪漫的宗教情调，而进入诗歌的狂想境界，那疯癫的和尚在我们心目中变成最高的智慧和崇高的性格象征了。"

《醉菩提全传》《麴头陀传》中也穿插济公的许多诗作。济公的诗歌作品，多绝句，律诗次之，词最少，歌行体甚多。与寒山诗一样，基本上是脱口而出，随意道来。自然、有趣，南怀瑾在《禅与道概论·禅宗与中国文学》中说：济公的诗歌，若以诗境而论诗格，他与宋代的范成大、陆放翁（陆游）相较，毫无逊色，如以无一句、无一字而非禅境，假使对于禅宗的见地与功夫，没有几十年的深刻造诣，实在不容易分别出它的所指。范古农说，济公的诗"机锋话语相关，富有曹溪禅家意味，甚为精彩绝伦，实为不同凡响的佛家语录，发人深省，回味无穷"。济公的诗富有天台山歌意味，轻松幽默风趣，情感独特，思想深刻。看到人家斗死的蟋蟀，济公一边把火荼毗，一边歌唱：

　　这妖魔本是微物，只窝在石岩泥穴。时当夜静更深，叫彻风清月白。直聒得天涯游子伤心，寡妇房中泪血。不住地只顾催人织，空费尽许多闲气力。又非是争夺田园，何故乃尽心抵敌？相见便怒尾张牙，扬须鼓翼。斗过数交，赶得紧急。赢者扇翅高声，输者走之不及。财物被人将去，只落得些儿食吃。纵有金玉雕笼，都是世情虚色。倏忽天降严霜，彦章（注：蟋蟀又称王彦章将军）也熬不得。今朝归化时临，毕竟有何奇特。仗此无明烈火，要判本来面目。咦，托生在功德池边，却相伴阿弥陀佛。

济公边喝酒边唱歌：

　　朝也吃　暮也吃　吃得喉咙滑似漆
　　吃得肚皮壁立直　吃得眼睛瞪做白
　　吃得鼻头糟成赤

济公喝酒很放纵心情，潇洒自在，一醉酒把西湖当成了酒葫芦：

何须林景胜潇湘　　只愿西湖化为酒
和身卧倒西湖边　　一浪来时吞一口

喝酒了就狂醉一通，不知昼夜春秋与凡俗：

醉傲风颠卒未休　　杖头明月冠南州
转身移步谁能解　　雪履芦花十二楼

他与人无争，与人为善，时时感到幸福宽慰：

几度西湖独上船　　篙师识我不论钱
一声啼鸟破幽寂　　正是山横落照边
湖上春光已破悭　　湖边杨柳拂雕阑
算来不用一文买　　输与山僧闲往还

他的内心与佛法、与自然风物合二为一，其境界是入世的也是超脱的。

我一边行路，一边品读与济公有关的书，觉得轻松有趣，充满智慧。我直奔赭溪之畔的石墙头而去，那里有一处济公亭，旁边建有济公殿，天台籍老作家许杰楹联一副——"我敬你，敬你有求必应；你笑我，笑我处世无能"，论济公如论我自己，亦庄亦谐，情趣无限。石墙头附近，有一处名叫"沙坑"的村落，是永宁庵的旧址，还可以见到鹅卵石铺成的道路和路廊。再往北，就到了王家村，为济公外婆的老家。石墙头是济公家的后花园。民国年间，这里有一处济公佛院，香火茂盛，后毁于"十年浩劫"。

20 世纪末，天台人重建了济公的故居，济公故居位于赤城路 499 号，是一处仿宋建筑。而位于故居西边济公出生的老房子，早已倾塌。现在看到的济公故居是 2004 年新建的，很快成为中外信徒朝拜活佛的圣地。故居建筑占地 16 亩，由观霞阁、李府大院、陇西园组成，两座木石结构四柱三间式的牌楼，上面所镌刻的"永宁村"大字，仿佛把我带到 800 年前。李府大院之东，是陇西园，因李氏家族自陇西郡迁来，又因这里位于天台佛陇山的西面，故名。小桥流水，亭台楼阁，是一处富有江南特色的民间园林。园内济公殿，供奉的济公像，是以纯白玉雕琢而成的。

仁立于李府大院之西的观霞阁，往西望去，赤城山赫然在目。那赤色崖端上的瑞霞洞，是济公少年对读书的地方，倒是一处安谧的所在，位于崖顶绝壁之上，凭虚凌风。少年济公曾读书在此，民国前，天台人裘了真率先在此奉祀济公神像。1989

◎ 济公童年时玩耍的猪溪

年春节，由天台县老人协会领头，各方人士四处奔走，广集民间资财，经过两年辛劳，才得以建成。该建筑是南京工学院齐康先生设计的，融传统民居与现代风格为一体，前山门形如袈裟，称袈裟台，主院状如僧帽，名八盖阁，饭厅如葫芦，称为葫芦斋。松月轩则如芭蕉扇，而后山门如破蒲鞋，称只履门。总体构思别具一格，表现了济公的独特神采。

济公院构筑在崖壁之上，翼然临风，可叹一绝。在此开辟台地又不损山容，可谓用心良苦，何况沿着陡坡直上运送土石更觉艰辛。站在大殿正中，凝视着济公的雕像，只见济公身体前倾，行色匆匆，再看他的脸部表情，左视似笑，右视在哭，逍遥癫狂，神采独具，济公作为一个下层平民的形象，登上大雅之堂，

◎ 赤城山济公百态像

在他身上，任何清规戒律均属多余，任何显赫的权势不屑一顾，他作胡语有真旨，啖狗肉有禅味，是对几千年来僵死教条的叛逆，他行为狂放蓬头垢面，却济贫扶困疾恶如仇，是真善美的化身，有着一种特殊的神韵，没有丝毫矫揉造作的成分，尽管没有得到任何官府皇家的封赐与恩典，但在民众心里是永恒的。来自民间回归民间，完成了朴素而深刻的道义之旅，也实现了真正意义上的人性的回归。

济公院左边，有一块悬崖，天然而成济公形象，人称书记岩，在南宋高僧居简的《释签岩记》中有所记载。此岩如济公头戴僧帽，鼻较大，下巴突出，轮廓分明，面颊丰满。从济公西院横路往东，就到了济公东院，与西院的行色匆匆的济公像不同，这里供奉的济公像正襟危坐，一派庄肃之相。堂后为白云洞，供奉济公百态雕像，情趣各异，神采斐然。伫立在东院的永安亭上，凭栏远眺，一眼就看到济公故居的崇楼杰阁，还有那个古朴的石墙头。

在济公院行走，伴济公放纵逍遥，携一路狂禅回家，化出与济公一般充满狂禅意味的诗句，自由的身心与济公融为一体：

颠摇笑傲入霞林　　梵响灵谷神即清
我为众生我是佛　　参禅何用法华经
破衣褴衲自潇洒　　醉月依松不染尘
伫立遥观云天外　　一声钟鼓一声磬

赤城桐柏桃源，
餐霞访道遇仙

　　赤城山位于天台山风景区中轴线南端，其东为国清、真觉、高明、石梁、华顶诸景，为佛国圣地，其西则有桐柏、百丈、琼台、桃源，为道家仙境。它处于天台山的中线，却是佛道双修的和谐所在。

　　赤城山不高，海拔仅 339 米，却雄奇挺秀，在这群山环抱的天台盆地中，别有神采。当天边的夕阳和晨曦在空中涂抹一片金色的时候，这赤城山的剪影便更加醒目，一种氤氲便逼人心怀。孙绰在《天台山赋》中道："赤城霞起以建标。"这座山和山上的古塔，也成了天台山的门户与标志。邑人曹文晦诗云，"赤城霞起建高标，万丈红光映碧寥。美人不卷锦绣缎，仙翁泻下丹砂瓢"，明僧灵睿联语"不与众山同一色，敢于平地拔千寻"，说的是赤城山唯一的特性，淋漓尽致地体现出赤城山的风貌。

　　"赤城栖霞"是天台八景之一，或指山上灿烂的霞彩，或说如霞彩的崖色。山色赤赭如火，犹如彩霞栖宿其间，远望犹如烽火中的雉堞，故名赤城，也称烧山。走出喧闹的城市，进入青葱的田野，蓦然看见天边竖起如画的赤崖屏风，洞府俨然，草木肃然，犹如进入了蜃景。在古代，赤城霞与巫山云、潇湘雨、蛾眉月、钱江潮等同列为人间的著名奇观。北京颐和园有匾曰"赤城霞起"，《红楼梦》中史湘云有诗"霞城隐赤标"，皆指于此。赤城栖霞之美在于空蒙、灵动、优雅、坦荡、高邈、清逸、安详、旷达，具有真君子的涵养和气度。

赤城山离天台县城只有 2 千米路，如果从县城或国清寺出发，坐"小公共"，四五分钟即到。赤城山下缓步漫行，沿路两旁，盛开的桃花、油菜花，摇曳的庄稼，金黄的稻浪，躬耕的农夫，洋溢着浓郁的田园气息。抬头仰望，赤城山更显险峻雄伟。从中山纪念林到济公院，是蜿蜒陡峭的山道，人称"百步峻"。依路青松夹道，一片阴凉。陪我行走的挑夫，个个汗流浃背，如负重的老牛，青筋显露，血脉贲张，在沉重的压抑下，蕴有一股迸发顽强的生命力。

从山脚看来，这赤城山崖摇摇欲坠，山上的浮屠就像一根银针，把它定住了。赤城山的地界原来就是东洋大海，经过亿万年的变迁，沉没水底的礁岩，终于露出了峥嵘。原来它是泥沙经年沉积堆积而成的，经过洪水的冲击、地壳的抬升和雨水的侵蚀，造就引人注目的旷世奇观。赤城山上有许多天然的岩穴，都是洪水冲蚀的杰作，全山洞穴分大中小三层布列，下层紫云洞，依洞而建的三层楼，奉祀的是地藏王菩萨和观世音菩萨，香火炽盛，传说建文帝曾两次在这里过年（度岁），后人立碑记之。仰望崖石欲飞，犹如屋檐，点点滴滴的晶莹岩泉轻洒而下，映照阳光，七彩纷呈，衬映庭院中的碧池和绿荫，颇能陶冶性情。

蓦一抬头，"赤城霞"三字就在洞府的右上方赫然呈现。紫云洞是东晋兴宁年间（363 ～ 365）高僧昙猷法师开辟的，他是从海道过来的，看到这平畴岸边的赤城山岩穴，把石头垒起来当

赤城栖霞

成梯子，在洞里端坐，并劈开竹子做成水笕，引来岩泉。在太元元年（376）收了30位门徒，创建了中岩寺。传说昙猷法师在这里说法，引来山中的老虎，俯伏在他的身边肃然地听经，有头老虎瞌睡了，昙猷顺手拿起铁如意敲它的头，这头老虎立即有了精神，他的说法也引来了山中的蟒蛇，蜷缩他的面前，点头会意。

　　紫云洞上面有小岩穴，传说昙猷是在此坐化的。他坐化后，整个身子全成了绿色，被称为绿衣尊者。南齐高僧慧明塑造卧佛在其旁。后来改奉五百大神。紫云洞附近有晒肠岩和洗肠井。传说，昙猷去石梁拜见五百罗汉，罗汉说他吃了韭菜不让进，他就跑回赤城山，把肚肠剖开洗净晒干，然后纳回肚子里去，以示佛法高深。

现在的紫云洞是个尼庵，它的上方是瑞霞洞，也就是济公西院。洞府与道教修仙有关，此言极是。济公院的上方是晤月楼，晤月楼之左为玉京洞，在此登高望远，眼界更加开阔。每当彩霞升起，映照崖壁，犹如玉京丹宫。虽在山顶之上，但照样有灵泉在岩檐上飞挂。道书云，这里名叫上玉清平之天，是道家的第六洞天。"山中习静观朝槿，竹下无言对紫茶"，洞门中的一副对联，为北京大学校长蔡元培先生手书。这也是一种高人的生活状态，确实是与世无争的恬淡、安贫乐道的闲适，有几人真正体会和拥有呢？

玉京洞朝东，餐霞洞面南。每当朝暮，餐霞饮露，清寒之至，餐霞是餐食朝霞，道家的一种修习之功。汉书中说，"呼吸沆瀣兮餐朝霞"，沆瀣是半夜的气，并天地玄黄六气。云水可啜，崖林可依，可见赤城道人的逍遥。餐霞洞为清光绪年间（1875～1908）齐修兰所开辟，修兰号玉京外女，能诗会画，"肯向春风争绮艳，独于秋月见精神"，恰是赤城山崖上的一枝幽兰，不被人知。传说，她27岁时死了丈夫，无钱埋葬，就在这里掬土成坟，而她自

◎ 赤城霞摩崖

己朝暮厮守着爱人的魂魄，天长日久，她挖出的土坑竟成一眼水池，人称"掬井"，虽在山顶，却永不枯涸，这澄澄的清泉想必是她盈盈的热泪所化吧！这个催人泪下的故事，也是经典的，而餐霞洞上黎元洪的"秋霜比洁"摩崖，不由得让我为这民间的弱女子、为这矢志不渝的爱情感动得涕泪交流了！

赤城山顶上的七层玲珑宝塔，为梁代岳阳王萧詧为他的妃子建造的。萧詧来游天台山，想起旧事深有感慨，命天台县令在赤城山顶建造此塔，后人称之梁妃塔。这个故事与餐霞洞的齐修兰故事相比，同样凄美。在赤城山顶上照样可以登高望远，浮想联翩。我来赤城山时，正遇山中阵雨，雾霭迷离，无奈躲在梁妃塔下，雨声淅沥，远山朦胧，少顷，雨霁，云雾退去。行至赤城山巅之西，则是千寻绝壁，临风一呼，振臂一啸，顿觉神清气爽，若驾风腾云而去！山风徐来，阵阵沁凉，如沐甘露，踏着霞光归去，我的心胸会更明亮灿然。蓦然觉得，那片片缕缕的红霞，映射于赤城山丹红的崖壁，一切的一切，都属于我，都是天台山为我们准备的！

自赤城山巅往西北而望，桐柏山连绵不断，恰是道家圣地。它与国清寺佛陇成为有趣的对应，使我想起智者大师所说的一句话："车之两轮，鸟之两翼。"佛国仙山，佛宗道源，在霞彩中腾飞而起，神采飞扬。

走桐柏山可以先从桐柏岭脚之西谷口进入，过去小溪淙淙，现在却是能够泛舟的八仙湖，桐柏抽水蓄能电站的下水库了。远远望去，琼台仙谷摩崖赫然在目。仙湖的大坝之上是一段廊桥，下面就是宽40米的瀑布。走在湖岸的栈道，我进入百丈坑。百丈，是指两旁的高耸矗立的削壁翠屏而言，它们是花岗岩被雨水冲刷形成的极致。再转几个弯，坑谷越来越逼仄，抬头仰望，蓝天仅

是窄窄的一线。

百丈坑的山水奇险诡异，气势逼人。过去，在百丈坑溪涧行走，是要跳跃着前进的。道路忽而左右回环，忽而跌宕颠动，而溪流明澈如玉，灵动清越，故名西灵溪。抬头看壁立的山崖，不料脚下已经踩空，摔到溪水之中，溅得透湿。斜躺在溪石上仰望，惊悚不已。这与石梁中方广寺俯瞰飞瀑不同，那飞架的悬崖，在云中移动着，说不定会随时倾倒下来！悬崖峭壁翠屏未改旧时模样，照样能感知到群峰耸峙，石色欲飞，草木依稀，苔藓蒙络，翠色可掬。百丈坑谷七八里山峡中，点缀着诸多的奇崖秀峰，一转一奇，随步换形，像人类物，生趣盎然。仰首瞻望在谷口，东边高岗上，有一岩石形同扁舟一叶，一人划桨一人肃立，人称渡船岩。又有石峰如霞客策杖，如李白醉吟。过悬空阁，伫立望仙台，有八座山峰，状如八仙，朝向紫阳峰，旁边有岩如金鸡啼鸣。如果退回去走几步，金鸡就会变成葛仙翁，各呈异趣，令我沉吟。

过望仙桥，登悟真坛，

◎ 梁妃塔

旁有巨石如观音，似道人羽客。洞路尽处，有瀑布三折，最上去也就是深不可测的龙潭，潭边也很开阔。旁有几间路廊一般的小屋。看那阳光从崖端洒落，照在潭面上，波光粼粼，水纹叠叠，映射崖壁，一片幽邃，如梦如幻。循瀑布边而上，走数百步，行到道家所说的三十六洞天的"金庭洞天"，倒也深藏不露。附近的跨鹤台，本是一个四角凌空的小山峰，上面所建造的小亭子，真的如翼然升空的仙鹤。

信步沿着栈道往上攀登，抬头朝东望去，山顶上一石峰突兀，犹如巫山神女，太阳在她的头顶上照出一片明亮而耀眼的光影，很感圣洁。而它的脚下，崖壁削立，人迹罕至，只有飞鸟栖居。同行的朋友告诉我，旧时本地山民有采石斛（铁皮枫斗）的，常把绳索缚在腰上，身背小筐从峰顶上挂下来，因为石斛为名贵野生药材，足能维持生计。而现在天台人氏在桐柏山上开辟石斛种植基地，制作铁皮枫斗晶，而悬崖上采野生石斛已经成为绝活儿，不过也可以当作一个旅游项目开发，如雁荡山的灵峰飞渡一般，肯定会引得观者如堵的。

在当地百姓眼里，百丈坑谷乃至天台山一草一木皆有灵性，每举刀砍柴，每下锄挖地，都要念一声"泼消"——"百邪尽消"的缩略词，本地平安无事的咒语。

徐霞客第一次游天台山时，认为百丈多迷津，他向人询问琼台双阙，竟无知者，走过数里路后才知在山顶，便与国清寺僧人云峰攀登，俯瞰觉得犹如桃源，因为时间仓促，观察不细，写得简略笼统无奇。但第二次来，是从桐柏宫自上而下游览琼台的，他在游记中赞叹道："峰前复起一峰，卓立如柱，高与四围之崖等，即琼台也。台后倚百丈崖，前即双阙，对峙，层崖外绕，旁

绝附丽。登台者从北峰悬坠而下，度坳脊处咫尺，复攀枝仰陟而上，俱在削石流沙间，趾无所着也"，"琼台之奇，在中悬绝壑，积翠四绕。双阙亦其外绕中对峙之崖，非由洞底再上，不能登也"，"今始俯瞰于崖端，高深俱无遗胜也"，整个山谷一览无余。百丈有雁荡和黄山的奇险，而仙道的清玄，为雁荡黄山所无。

想当年，栈道未建之时，我沿着陡峭的羊肠小道攀登，必须援葛附草而行，否则就上下虚空，脚下全是流沙。少顷，大汗淋漓。行半小时，来到琼台的边上，琼台三面都是绝壁，若一脚踩空的话，会摔到谷底，粉身碎骨。

琼台是一个类似骆驼背的石峰，三块巨石攒聚，共擎起一块马鞍形的巨石，稳固非常。远远望去，就像天然的石头座椅。于是人们把它称为仙人座，我也花了九牛二虎之力，爬了上去，像模像样地坐了上去，心里却打了一个寒战。山风呼啸在耳边，身在岩石上，心却飘摇恍惚，担心自己滑下去，掉到山谷里。闭眼想了片刻，心神也稍许安定下来。

我好像坐在云头之上，周围景物变得虚无缥缈起来。云彩在脚下升腾，遥看对面的山峰错落，壁立千仞，而顶上稍有的几棵树木，舞动在山风中，犹如幢幡旗帜一般。隔溪谷相望，两座山峰，崖石攒立，两相呼应，其顶如同蓬莱的仙阙，称为双阙峰，若把它比作娟秀的玉女，也是让人凝思的。更何况三五月明之夜，清辉泻落，空蒙杳霭，山月在双阙间高挂，这里的氛围特佳，气场特好，端坐入定，真正是进入了入静状态，物我两忘的了！双阙云竦以夹路，琼台中天而悬居，我终于领会到它的神采了。

琼台边上多石刻，有清代摩崖"蓬莱仙境"，有台州知府韩世德镌刻的"秀甲台山"，在这几个字的下面，原来有唐代元和

○ 琼台双阙

　　年间方士柳泌的诗句：“崖壁盘空天路回，白云行尽见琼台。洞门黯黯阴云闭，金阙瞳瞳日殿开。”而今能看到的只有“洞门”两个字了。双阙附近有村，可住宿，可饮食，赏月品茗是最方便的。在月夜，向老乡沽几壶美酒，携一支短笛洞箫，端坐在琼台顶尽情地吹，让音乐四处弥漫，你也仿佛羽化了。

　　琼台旁边的仙人足迹，据说是吕洞宾留下的。吕洞宾曾经这样作诗，“青蛇绕地月徘徊，夜静云闲鹤未回。欲度有缘人换骨，暂留踪迹在天台”，据说吕洞宾一脚踩在琼台上，猛地一跃，便身轻如燕，倏地飘到对面的双阙去了。琼台夜月为天台八景之一，境界是高妙的，世人却很少领会，很少相知。此去琼台无多路，身边却有一轮明月朗照着，照亮了每个人明净的心。

○ 百丈嶂谷

龙楼凤阙不肯住　飞腾
直欲天台去
　　碧玉连环八面山　山中
亦有人行路
　　青衣约我游琼台　琪木
花芳九叶开
　　天风飘香不点地　千片
万片绝尘埃
　　我来正当重九后　笑把
烟霞俱抖擞
　　明朝拂袖出紫微　壁上
龙蛇空自走

　　李白的诗和琼台桐柏的风景，
都是一种至高境界。无论张伯端的内
丹术和司马承祯坐忘论，首先强调的
都是忘我，只有把微渺的小我融入身
边的大千世界，消融在自然的风物之
中，才能无牵无挂，无欲无求，随心
所欲，求得一身轻松，这不也是延年
益寿的窍门吗？在这里静修，琼台也
是心目中的清凉台，群山也是心目中
的清凉山，我们有什么放不下的呢？
　　道书《历世真仙体道通鉴》等载，

黄帝轩辕曾经到天台山拜九元子为师，得《庚辛经》和提炼紫金掺和神丹的秘诀，后来又到崆峒山拜广成子为师，得"守一""处和"等修身之道，最后名列仙界。黄帝在琼台之上设天、地、人三坛，天坛祭天王，祈愿上天赐福，九州吉祥；地坛祭地王，愿大地呈瑞，五谷丰登；人坛祭人王，愿人间无争无斗，平安和美。他在山中采乌药黄精、石斛和杜仲、茯苓等和草树花间之坠露与深潭中之水，终于炼成金液神丹，并在琼台铸鼎，鼎成之日，天下宾服，铸鼎的山峰，为香炉峰，后人在祭坛旧址上，按其旧制，重建了地坛、人坛、天坛、镇龙石阵和神道，皆以竖立大石，气象恢宏。

琼台边上，有小庙，破旧，但有味道，庙内有一棵老柏树，却被火烧成了一个黑树桩，但很快长出了小枝条来，生命力倒显得很旺盛。这使我想起道家的长生不老之术，在此间的树木中体现了出来，内心不免产生了敬畏。

从琼台往东而行，我一步一步走向鸣鹤观。鸣鹤观在山顶上，下临悬崖绝壁，桐柏隐瀑，从岭脚仰望，如在天际。陪我行走的朋友陈国元先生，是桐柏山土著，写了不少游记、剧本和传说。他告诉我，鸣鹤观是汉末高道葛玄于三国吴赤乌二年（239）为奉祀王乔而建。据《历世真仙体道通鉴》记载，"王君名晋，字子乔，亦名乔，字子晋。"周灵王（前571—前545）有三十八个儿子，王乔年纪最长，生而神异，幼而好道。大中祥符《天台图经》中说，周灵王太子晋主金庭桐柏，主台州水旱，他是华夏王姓的祖先，王羲之是他的后裔，天台桥上王姓为王羲之的后裔，此事记录于天台王姓的宗谱之中。在天台桐柏山道人心目中，王乔是桐柏山第一代祖师。杜甫诗云："范蠡舟偏小，王乔鹤不群。"王乔鸣鹤的故事，其实与山中归隐有关。

鸣鹤观位于玉泉峰上，此峰又称鹤峰，高道葛玄先在山中建造了边长四丈八尺、甃以青砖的石砌成的方坛，称之为王真君坛。有朝斗坛，建于其西，是州县百姓求雨的地方。唐中宗李显年间，又在真君坛之东，建造一个太子庵庙，悬有唐景龙二年（708）铸铜钟一口，唐玄宗年间在真君坛东20步处建真君殿一处，塑太子晋像供奉之。殿左右建造厢房，合称仙坛院，宋代时称妙乐院，清代改为鸣鹤观。旧时真君坛东南山冈，旧时有吹笙台，据《列仙传》记载，传说王乔在此吹箫控鹤，白日登仙。桐柏宫遗存移出来后，即可按原状规划配置建设，重点恢复王乔遗迹。此观建在桐柏山边沿，凌空屹立，仙风徐来，翠鸟之声似仙鹤和鸣，非同凡响。

鸣鹤观几间石屋，朴素宁静，墙上绷满藤萝，虽与当地农舍没有多大区别，但是清代光绪年间的旧物。鸣鹤观前面很是开阔，现在已经建起一座高大巍峨的王乔主殿，居于崖顶之上，境界高旷。桐柏岭陡峭奇峻。在未建造桐柏水库之前，岭上山坳处，有一白练垂挂而下，瀑布之下为福圣观，孙绰的《游天台山赋》中称"瀑布飞流以界道"，唐代诗人徐凝则有"一条界破青山色"之描述。明代散文家陈仁锡则把福圣观瀑布名为宇内第一，冠于庐山香炉峰瀑布、雁荡山大龙湫之前。

我与国元在鸣鹤观品尝了一餐充满仙气的饭菜，坐在凌驾峰顶的小楼上，喝一杯充满道味的山野茶，推窗俯瞰深谷，半身挂在空中，灵魂一下子飞了出去。

鸣鹤观，真的有仙鹤在飞，带着我升上云端里去了。

鸣鹤观前主殿里供奉着张伯端和吕洞宾。道家将张伯端尊为紫阳真人。他与后来的石泰、薛道光、陈楠、白玉蟾合称为南宗五祖，张伯端是宋代天台平桥东林张家塘村人，后来当上台州府吏。有一天家里送鱼来，同事把鱼藏在梁上，他以为是婢女偷吃，把她痛打了一顿。婢女含冤自尽，后来鱼从梁上掉下来，他感到愧疚，想曾办理的诸多公案有许多是冤枉的，心生愧疚，不如进入深山问道，一了百了。他干脆烧掉簿籍打算溜号，还写了一首诗在墙上：

刀笔随身四十年　是非非是万万千
一家温饱千家怨　半世功名百世愆
紫绶金章今已矣　芒鞋竹杖任悠然
有人问我蓬莱路　云在青山月在天

◎ 鸣鹤观

没想到他因此犯了刑律，被抓了回来，充军岭南，桂林驻军统帅陆诜将他安置在麾下，掌管机要文书。此后，他遇高道刘海蟾，得授予金丹之术，顿觉心胸开朗，改名用诚，号紫阳。后张伯端流徙于秦（陕西）陇（甘肃）一带，开罪于太守，遭受黥刑（脸上刺字），幸遇石泰，一番交谈甚为投契，经石泰劝说，太守免罪。张伯端返回天台山，先居住于紫凝山张家塘，后来又在桐柏山赤城山之间来往，传授内丹秘诀，开创道教南宗，被后人称为"天台仙派"。元丰五年（1082）在天台百步地方去世。

张伯端微启双眸，手捧其著作《悟真篇》入神。《悟真篇》是中国道教丹经学说的正宗，其重要地位可以与魏伯阳的《周易参同契》相提并论。他采用诗词歌曲的形式来述说内丹要诀，计有七言四韵 16 首、绝句 64 首、五言 1 首、续添《西江月》12 首。颇有寒山子的风格，但充满道家精神。所谓的炼丹，实际上是修心，心本大道，一点通玄。

不求大道出迷途　　纵负贤才岂丈夫
百岁光阴石火烁　　一生身世水泡浮

只贪利禄求荣显　　不觉形容暗悴枯
试问堆金等山岳　　无常买得不来无

学仙须是学天仙　　惟有金丹最的端
二物会时情性合　　五行全处龙虎蟠

本因戊己为媒聘　　遂使夫妻镇合欢

只候功成朝北阙　九霞光里驾翔鸾

鸣鹤观后三清殿，供三清尊神，玉清元始天尊为中，上清灵宝天尊为右，太清道德天尊为左。他们皆为老子的化身，故有"老子一气化三清"之说。鸣鹤观另奉吕洞宾。吕洞宾在琼台修炼，并有诗曰："野人本是天台客，石桥南畔有旧宅。父子生来有两口，多好歌笙不好拍。"《题桐柏山黄先生庵门》诗云："既修真，须坚确，能转乾坤泛海岳。运行天地莫能知，变化鬼神应不觉。千朝炼就紫金身，乃致全神归返朴。黄秀才，黄秀才，既修真，须且早，人间万事何时了。贪名贪利爱金多，为他财色身衰老。"其意与张伯端《悟真篇》相似。

三清殿左侧耳房奉谢希纯真人。谢希纯（1890～1984）原名谢崇根，宁波人，14岁出家宁波佑圣观，曾遇到一位姓周的道长，授予内丹秘诀。然后钻研张伯端《悟真篇》和魏伯阳《周易参同契》，功力深厚，1950年到桐柏宫当住持。桐柏水库修建时，他将宫内旧物如伯夷叔齐像、宋圣旨碑和部分构件，迁移到鸣鹤观。他善于气功，善于胎息。20世纪70年代，他到杭州医院体检，人们请他表演一下丹功，谢希纯笑而不语，一下子心电图成了一条直线，如此闭息20分钟，依然笑眯眯不动声色，大家讶然。此乃道家高超的胎息功法。

谢希纯年近百岁，依然健步如飞，将内丹秘诀传授诸多徒弟，如叶高行、朱圣伟、张高澄等人。叶高行原名叶秋梅，为坤道（道姑），舟山人，聪慧异常，无论多么工巧繁复的事情，一见就会，年幼时得异人传授太极拳功法，做推手时柔若无骨，但绵里裹铁，卓显功效，医术高超。到桐柏宫后，谢希纯授其内丹功诀。谢希纯羽化之后，叶高行修葺观宇，建造鸣鹤观围墙与山门，又开挖放生池，塑元始天尊、王乔和紫阳真人神像。1999年12月，叶高行去大洋彼岸的美国传道，与美国、巴西南北美洲的道友们一起，筹办中国天台山桐柏宫美洲下院，羽化于异域他乡。张高澄等高徒将其遗体送回天台山。

张高澄现为鸣鹤观和桐柏宫的住持，原名张雪凌，祖籍四川，生于北京，曾在浙江大学任教，后来奔赴美国，专学电脑，修成博士学位，并在美国开办了一家公司。他对天台桐柏南宗道教尤为敬崇，专程到鸣鹤观拜谢希纯为师，学习内丹功法，到美国之后，在佛罗里达州的珊瑚城成立了中国天台山桐柏宫美洲下院，担任住持。很快地，影响波及美国、加拿大等国。他建立了45处杏坛，发展了数万信众。叶高行去世后，他放弃一切俗务，来到了鸣鹤观，致力于桐柏

○众妙之门

宫的重建和南宗道教文化的弘扬传播。

天台人称张高澄为"海龟（归）道长"。他是美国爱荷华大学博士，应该是中国学历最高的道士。据说张高澄在美国的校园里打太极拳，吸引来自加拿大的菲利克斯来此出家，菲利克斯道姓为葛，道号嗣同，他的师兄是江嗣全。江嗣全80多岁了，在出家前帮人看护山林。出家到鸣鹤观后，经常练功，不但打太极拳，而且还踢飞腿。他原名江明相，有一个英文名字，是菲利克斯给他取的。菲利克斯不懂中文，不参加早晚课，山下一些学校邀请他教外语，有一个外语学校以他的名字命名。

早年，陈国元与鸣鹤观的菊清师熟悉，菊清师姓孙，黄岩人，道号孙凝静，她学问高深，舞的是双飞剑，双剑轮转，水泼不进，"只见剑光不见人身，夜间进出都从墙上跃过，只见两道白光穿跃，不见人影"。陈国元听琼台村老人说，她经常在琼台崖顶上练剑，飞跃到琼台凉亭顶上，金鸡独立，却不损一块瓦片。后来居住鸣鹤观时，经常飞跃围墙进出，陈国元佩服不已：世外果真有此高人。而今菊清师的身影再也见不到了。

　　在鸣鹤观，无论是张高澄还是其他的道友，都努力追求那种"婴儿"状态。婴儿生机最旺，元气最足，但很少有杂念或世俗功利的纷扰。桐柏道士叶宗滨，温岭人，5岁时父母双亡，8岁时流浪他乡，后被温岭羊角洞道士收留，成为道童，27岁时上桐柏山，担任桐柏宫的住持，民国三十七年（1948）离开桐柏宫，在平桥镇后村一个小庙里安家，边修道边耕种，自食其力。叶宗滨活了106岁，声音洪亮，底气很足。叶宗滨老人从不练功，包括气功、太极拳。他对我的朋友梁立新说：养生先"养心"。一

个人若是存有私心、贪心、邪心，那么对悲欢、爱恨、好恶，不能擅自调节与高度节制，足以影响身体的健康。"养心"的灵丹妙药就是"清心寡欲""清心"，能去贪心邪心，并能"知足"；"寡欲"能"知止"，在进退取舍上，拿捏得准确，使自己不至于陷溺于苦恼、怨恨的深渊之中。要做到无心。劳心过度，劳力过度，都不利于保养精气神。外无劳形之事，内无思想之患，保持愉快的心境，才有真正的健康。鸣鹤观庭院里花草茂盛，树木葳蕤，加之在山顶之上，气场特好。

鸣鹤观之后，是一片苍翠的竹林。山居田园风味尤为明显。天气晴朗，阳光照在屋顶上，相当温和，忽然感受到清静无为的含义。离开鸣鹤观，我眺望相隔盈盈一水的桐柏新宫，在碧波之中，原桐柏宫已经安睡。桐柏宫成了一个远去的梦。

天台者，桐柏也，释谓之天台，真谓之为桐柏。陶弘景《真诰》中说："吴有勾曲之金陵，越有桐柏之金庭，三灾不生，洪波不登，实不死之福乡、养真之灵境。"

桐柏宫位于九座山峰的中心，南边有紫霄峰、玉泉峰，东边有卧龙峰、香琳峰，东北为玉霄峰，北为玉女峰。西北为莲花峰，西为翠微峰。与玉泉峰对峙的是翠屏峰。陈国元说桐柏宫的风水，尽得仙山灵气之美。桐柏宫的母山叫作大月山，自龙皇堂前山镇龙岩山绵延而来，玉霄、香琳两峰为玄武；鸣鹤观所在的玉泉峰为案山，与玉女峰同为朱雀，玉泉峰朝斗坛的位置正适合步罡踏斗；桐柏宫两边的抱山，是左青龙右白虎——青龙山连着卧龙、华琳两峰；白虎山有紫霄、翠微两峰靠背。左剑山、右印岩，象征文武齐全。西北方有莲花峰，秀丽雄奇。这样周全的地理位置，在全国是少有的。

咸丰皇帝曾虔诚抄录唐代崔尚的《天台山新桐柏观颂(并序)》：

　　连山峨峨，四野皆碧；茂树郁郁，四时并青。大岩之前，横岭之上，双峰如阙，中天豁开。长涧南泻，诸泉合漱。一道瀑布，百丈悬流，望之雪飞，听之风起。

接着崔尚又写道：

　　石梁翠屏可倚也。琪树珠条可攀也。仙花灵草，春秋互发；幽鸟清猿，晨暮合响，信足赏也。始丰南走，云嶂间起，剡川北通，烟岑相接。东则亚入沧海，不远蓬莱；西则浩然长山，无复人境。总括奥秘，郁为秀绝，苞元气以混成，镇厚地而安静。非夫神与仙宅，仙得神营，其孰能致斯哉？

继王乔鸣鹤、葛玄炼丹之后，在唐代，迎来了一位司马炼师，那就是司马承祯。炼师之炼，乃炼丹之炼也，既炼内丹，也炼外丹。司马承祯字子微，法号道隐，本是晋代皇室的后裔，唐代时他父亲担任朝散大夫、襄阳长史等官职。他从小聪颖，但不喜官场功名，淡泊宁静，曾经和李白、孟浩然、王维、贺知章、卢藏用、王适、毕构、宋之问、陈子昂等交为"仙宗十友"。他隐居在玉霄峰下，号天台白云子。

不践名利道　始觉尘土腥　不知稻粱食　始觉精神清
罗浮奔走外　日月无短明　山瘦松亦劲　鹤老飞更轻

逍遥此中客　翠发皆长生　草木多古色　鸡犬无新声
若有出俗志　不贪英雄名　傲然脱冠绶　改换人间情
去矣丹霄路　向晓云冥冥

　　司马承祯提倡去欲止静，精研服气，武则天、唐睿宗征召他进京，讲授阴阳术数和修身治国之道，深受优渥待遇和丰厚赏赐。传说司马承祯骑马到了桐柏山几十里外的一处桥头，心生后悔，便下马停步，重回山中，此桥为落马桥，此山为司马悔山，为道家第六十福地。

　　在京城，司马承祯反复宣讲清静无为的道家智慧。他的朋友卢藏用，曾隐居在终南山，后官居要职。他得意地指着终南山对司马承祯说，此中大有佳处，你何必要回天台山？司马承祯不客气地说，这终南山多了一条做官的捷径罢了。司马承祯回到桐柏宫之后，唐睿宗拨款为其修建宫观，赐封周围四十里山林为其专用，禁止樵采，崔尚的桐柏山颂，就是此时创作的。唐玄宗还让司马承祯为其授予法箓。司马承祯回天台山时，玄宗皇帝还亲笔为其写诗饯行。诗曰：

> 紫府求贤士　清溪祖逸人　江湖与城阙　异迹且殊伦
> 间有幽栖者　居然厌俗尘　林泉先得性　芝桂欲调神
> 地道逾稽岭　天台接海滨　音徽从此间　万古一芳春

　　司马承祯居住天台山有 30 多年，著有《天隐子》8 篇、《坐忘论》1 卷，阐述神仙亦人之说，与天台宗的众生有佛性的观点相似，他把安心坐忘之法略成七条修道阶次，吸收了智顗大师的定慧止观双修的精髓。

　　司马承祯居住桐柏山时期，天台道教鼎盛，山中建造三十六宫。道徒云集，与国清华顶高明等寺院相当，人称是"千僧万道"，司马承祯来之前，除了葛玄外，有葛洪的师父郑隐居住山中，北魏任城魏夫人治天台白鹤大霍山，晋代葛洪寻求乃祖遗迹在此炼丹。沈约结庵而居，号桐柏山金庭观，梁代陶弘景住桐柏山修炼，为撰写《真诰》准备素材。陈隋之间，徐则天台桐柏宫立"道真斋"，号隐真，绝粒服松露，寒冬不披棉，后被梁武帝、陈文帝征召宫中讲道，隋炀帝曾请其下山辅佐帝位，不料其羽化在扬州。司马承祯曾与诗仙李白、道士吴筠交好，并居住一起唱和。司马回山后，李白还特意跑到天台来寻访他。

　　贺知章回到四明山后，寻访到天台桐柏。据《野客丛谈》记载，他常在天台山中负笈卖药，如当年终南山上韩康一般，后在桐柏山升仙。孟浩然与贺知章曾在越州（今浙江绍兴）相会，于

开元十八年（730）漫游吴越之地，登临天台山，逗留了三个月。"欲寻华顶去，不惮恶溪名"，"高高翠微里，遥见石梁横"，他在《越中逢天台太一子》诗中说：

来去赤城中　逍遥白云外　莓苔异人间　瀑布作空界
福庭长不死　华顶旧积最　永愿从之游　何当济所届

在桐柏观生活，孟浩然深得道家真趣。

海行信风帆　夕宿逗云岛　缅寻沧洲趣　近爱赤城好
扣萝亦践苔　辍棹恣探讨　息阴憩桐柏　采秀弄芝草

司马承祯的女徒弟谢自然，四川成都人，40岁之后寻访海上蓬莱。苏东坡《水龙吟》词中载，"昔谢自然欲过海求师蓬莱，至海中，或谓自然"，"蓬莱隔弱水三十万里，不可到。天台有司马子微，身居赤城，名在绛阙，可往从之"。自然乃还，受道于子微，白日仙去。

苏轼词曰："古来云海茫茫，道山绛阙知何处。人间自有，赤城居士，龙蟠凤举。清净无为，坐忘遗照，八篇奇语。向玉霄东望，蓬莱晻霭，有云驾、骖凤驭。"司马承祯徒弟田虚应，学辟谷、导引、服饵等术。田虚应徒弟徐灵府，自衡山来桐柏，居于桐柏观北云盖山上的虎头岩，号称方瀛，他说服浙东观察使修复桐柏观的上清阁、降真堂、白云亭建筑，仓廪厨房等焕然一新，请诗人元稹作诗记之。

陈国元向我一路说起唐代柳泌与桐柏山的故事。柳泌是复州（今湖北钟祥）的道士，唐宪宗迷上了长生之术，有人推荐了他，说他能制造长生不老之药。柳泌觉得这事情很难办，但还是硬着头皮承接了下来，他向皇帝说，我需要一个官职，才可以方便求药。皇帝给了他一个权知台州刺史的临时官职。柳泌到天台山后，立即驱使百姓上山，不顾生命危险采集灵药仙草。百姓怨声载道，无可奈何。他向皇帝进献了金丹，皇帝服用中了毒，他就没命地跑回天台山，隐居在九垅山，后来被抓了回去，乱棍打死。柳泌在桐柏山居住的地方，叫紫霄山居。

陈国元给我一本天台赵子廉写的《桐柏春秋》。书中说，在宋代张伯端之前，桐柏高道有张无梦，为刘海蟾的朋友，华山睡仙陈抟的高足，到天台山修道，先住在赤城山玉京洞，后来住在琼台，被宋真宗征召至京，论道谈玄，甚为投契。最后挽留不住，送归天台。他回天台在福圣观，修行了十多年。张伯端之后，有白玉蟾，居住在徐灵府当年住过的云盖峰方瀛山，并写了一首方瀛山居的诗："方瀛山上风飕飕，五月六月常如秋。松花落地鹤飞去，万顷白云空翠浮。"同时在桃源石桥一带采药，并写了《天台山赋》。整篇文字带着浓厚的道家仙真色彩：天台之山，神仙景象。周回五百余里，高耸万八千丈。实金庭之洞天，乃玉京之福壤。霓裳羽节之隐显有无，天箫云璈之清虚嘹亮……我最喜欢的是白玉蟾离开桐柏山的那首律诗。

身落天台古洞天　蒲团未暖又飘然

如何庵不琼瑶地　想是吾非桐柏仙

无复得餐三井水　未曾深结九峰缘

杖头挑月下山去　空使寒猿啸晚烟

　　特别是"杖头挑月下山去，空使寒猿啸晓烟"一句，与张伯端"有人问我蓬莱路，云在青山月在天"、寒山子"石床孤夜坐，圆月上寒山"意趣相投。琼台月与寒山月有着异曲同工之妙。

　　赵子廉说，宋代皇家也给一些退休官员在道观中挂一虚头官衔，领取一些俸禄，安慰其心理。桐柏宫在当时也算是一处名声显赫的宫观，陆游、朱熹等都在这里挂职，并实地到此巡视。陆游年轻时曾在桐柏山居住，并在桐柏东舀地方种植一棵苦槠树。陆游胞兄陆淞也在此栽下一棵香樟，陆淞曾任天台县令，政绩卓

○ 洞天岭

著，调任时，百姓遮道挽留，后在天台终老，居住于天台城大西门外的前巷，天台东岙村、平桥和水磨坑陆姓是他的后裔。

唐宋时期，桐柏山道教最为鼎盛，元明清及后，教风式微。元代至元十八年（1281），天台桐柏道经被焚烧，至至正二十七年（1367），朱元璋反元，派兵攻打台州，附近百姓人家上桐柏山避难，在宫前烧火取暖做饭，整座道宫全付与祝融。朱元璋执政之后，道教被抑制，天台道教自生自灭。明末清初，山中道士被驱赶，桐柏宫成为当地士绅的墓地。住持范青云打了几十年的官司，无奈地方红道与黑道勾结，官司输了，范青云遭人殴打，差点被毒死，他直接进京上告朝廷。清代康熙皇帝觉得"为国之道，在于安静"，对道教比较推崇，道士们终于在此安居了下来。罹病的雍正皇帝睡梦中得到张伯端紫阳真人的医治，遂拨款修建桐柏宫观，雍正十二年（1734）建成，赐额"万法圆通"，竖御笔《崇道观碑》；下旨"自（台州）紫阳楼迄百步溪，崇道观三处，各为殿堂门庑若干楹，并置田若干亩，以资香火，有余则赡其后裔"。天台南宗到乾隆时期遭到贬抑。

陈国元说，上世纪 60 年代桐柏水库曾经枯干过，桐柏宫露出水面，人们发现用于宫中建筑的木材奇大，或拿去当柴火或做其他的构件。许多檀香木雕刻的天尊、斗姥神像的残躯拿来烧饭，一只手臂两个人也扛不动。民国至改革开放期间，天台道脉一息尚存，幸有伍止渊、叶宗滨、谢希纯、叶高行、张高澄等人筚路蓝缕，坚守和弘扬，才衍生一派生机。

陈国元业余写了许多有关百丈坑开发和桐柏宫重建的规划与方案。他回忆桐柏新宫的重建故事，宛然如昨。听说桐柏水库增容，准备将田山、印山、青龙山、白虎山和大月山挖掉增加库容

的消息，他很担忧，赶忙找到张高澄。"咱们先把桐柏新宫的位置定下来，一切都好说了。"张高澄问："定在哪里？"陈国元说："大月山。这样，青龙白虎依旧拥抱，剑山、印岩虽沉入水底，但两山还在，还是依旧环抱桐柏宫位置。"陪张高澄考察了桐柏山后，两个人回到鸣鹤观。经努力，县政协与县政府为此召开了扩大会议，"一致通过，桐柏水库尽量保持生态现状不予大动"，专门下发红头文件。

"大月山的位置实在太小，容纳不了桐柏新宫。水面一升就淹没了。有位92岁的老道长建议将桐柏新宫的位置挪到石门关旁的一个小山坳里。但我觉得不妥当，当夜大家住在鸣鹤观。第二天一早起来，发现这位老道长额头起了一个包，原来半夜间睡着时从床上摔下来了，老道长说，梦见紫阳真人推了他一下，面色有点不高兴。他躺在地上，看见紫阳真人到了门口，还回眼瞪了一下。周围村庄的老人说：'那个地方土质不厚，岩基太硬，不宜建造。'道长问我：'据你对这地方这么熟悉，应放在哪地方？'我说：'大月山后靠东边有一座金字形山，略比大月山大，西渠刚从中间绕过，呈阴阳太极之状，整座山向后层层推进，气势雄壮。只要放在山外桐柏宫原地方旁边，对南宗不影响，就对整个桐柏有利。'"陈国元说。

在张高澄等人的牵头下，新桐柏宫大殿已竣工，玉皇阁也已上梁，三清阁也已奠基，逐然走向完整。这千年历史文化古地，将重放光彩。过去之事也成为茶后余谈了。桐柏新宫依山而建，崇楼杰阁，与鸣鹤观隔水相望。反射着灿烂的阳光，一片辉煌。

老桐柏宫被淹没水底之后，桐柏山诸多的宫观，已经厘为农

家，比如洞天宫村、贤师岗村名，都带有浓郁的道家的色彩。从桐柏新宫沿水库岸返回，沿天北公路上行，可到洞天宫的遗址。我在洞天村王修顶和王修标先生的陪同下，从龙皇堂南边的镇龙山顶往下行走，南眺望丛林之间，有双乳峰突起，这就是道书所说的玉霄、天柱峰了。玉霄峰上有巨石组成天然龙椅。自峰顶飘而下，若从天际飞临。"洞天宫就在玉霄峰上，上有女梭福地"，后有屏山（龙皇堂山）巍峨，右翼有文笔峰，左有玉霄天柱峰，前有狮象山，南有水口，下达石门龙潭。洞天宫外，地势陡降，悬崖绝壁中，前面案山屏立，俗称石门关天，唯有鸟道可通。在这群峰掩映之间，危崖绝顶之上，却有一片平畴农舍，佳木葱茏，阡陌交通，鸡犬相闻，桃源又到，别有洞天。

洞天宫始创于唐咸通五年（864），高道叶藏质结庵在此，号为石门山居。至唐懿宗时改名为玉霄观，到五代后周广顺元年（951），朱霄外建三清殿，徐灵府、陈寡言等高道也来此修真，建经楼一座，奉唐咸通十二年所书的道藏；又建钟楼一座，奉"禹钟"一口，此钟高二尺，形状有点像古代的"铎"，上有隐

○ 洞天全景

文。宋大中祥符元年（1008），才改名为洞天宫，一直沿用至今。唐宋之间香火最盛，朝觐者如潮。除规模宏大的洞天宫外，还有华琳山居、金庭法宫、白云观等及周围十余处茅蓬庵舍。唐朝时，洞天宫规模最大，自大殿到山门直径有三百余米；司马承祯奉诏封山方圆四十余里，禁止樵猎，洞天宫也在其中。那时要朝觐洞天宫得先上桐柏岭，至桐柏宫稍事歇息，然后再行六七里陡峭山道，过石门关，至岭头著衣亭，文官下轿武官下马，沐浴更衣，此种仪轨非外地宫观所有。陆游曾在玉霄宫主事过，后来在四川作诗回忆道，"竹舆冲雨到天台，绿树阴中小阁开。傍作玉霄君会否？要知散吏案行来"，记述的就是当年洞天宫的情形。

洞天宫在唐朝时建玉霄峰上，后遭火焚，至宋时移址到水口岭头里半华里处。直至现在，这里有许多断碣残碑发现，不少破砖断石，砌在附近的田坎上。

清越的山溪缓缓地绕过洞天宫，蜿蜒流淌，到石门水口，便飞舞而下，直捣龙潭。飞瀑隐于谷中，声如雷震，幽谷深不见底。两崖近在咫尺，却不可飞渡。洞天石扉共有十道，在溪谷间两两相辕，高可耸天，幽谷岩壁上刻有诗句："两崖青插天，一溪寒漱玉。中有采药翁，采芝引白鹿。"龙潭、龙床、龙洞相辅相成，皆不可登。孟浩然诗曰："上尽峥嵘万仞巅，四方围绕洞中天。秋风吹月琼台晚，试问人间过几年。"洞天石扉状若琼台百丈，雄壮而瑰伟奇险。附近两山，名为金银台，想李白既游琼台，又临石门关，慕山水之神秀，在《梦游天姥吟留别》中写道："列缺霹雳，丘峦崩摧。洞天石扉，訇然中开。"我想他是到过洞天宫的，只有在月夜里亲临实地，才能传神地描绘"青冥浩荡不见底，日月照耀金银台。霓为衣兮风为马，云之君兮纷纷而来下。虎鼓瑟兮鸾回车，仙之人兮列如麻"的意境来的，我想李白写过《琼台》和《天台晓望》，而这里的道教圣地亦能满足他求仙欲望的。当我们在这峰顶上，对着洞天石扉和峡谷云烟，啸傲于风雨明晦之上，其意趣与李白一样，尽出天然。

为什么中国道教南宗的圣地，让李白和我们这些后来者神驰不已呢？对着这洞天宫的旧址，我浮想联翩。道书上载，叶藏质居洞天宫，命摆酒与友共饮告于时日，及期至，题于门上，鹤鸣时去。时人闻天乐鼓荡于空中。左元泽居洞天宫，常游山中，经旬不还，樵者见其与三虎同睡，不食五谷而登仙。陈寡言命终尸解时，谓弟子曰"当盛我以布囊，置石室中"，并以诗示之："我本无形暂有形，偶来人世逐营营。轮回债负今还毕，搔首翛然归上清。"其超然淡然境界亦非常人所拥有。除了虚玄之还有化万千精神于我一身中，归之于气，落之于无，更显得精妙至极。

洞天宫农舍皆以木石构筑，颇具天台山村民居特色。村民王姓为王乔的后裔，人文地理学家王士性为同族之人。漫步在洞天

○ 百丈坑深处三桶潭

的胜境里，眼前是一片和煦的艳阳春光，那叠嶂峰峦，那树影婆娑的白壁烟村，引起许多人的向往。

对于天台山深处的桃源仙境，我早已倾慕经年了，而今终于涉足仙乡，我忽然首先想到了陶渊明的《桃花源记》。武陵源是驰名于世的，而天台的桃源或许更略胜一筹。"缘溪行，忘路之远近。忽逢桃花林，夹岸数百步，中无杂树，芳草鲜美，落英缤纷。"天台的桃源胜境至少要比陶渊明的"晋太元中"历史要悠久得多。刘晨、阮肇入天台山采药遇仙的爱情故事，为陶渊明笔下所无。武陵桃源，渔人进去吃了一顿饭出来了，而天台桃源不但进去了，而且住下来，住了半年之久，缔结了婚姻，刘晨、阮肇再回去，再也找不到仙女了，感到深深的惆怅。清代康有为的《桃源》诗云：

日暮天台石径斜　胡麻无饭见桃花
桃源不便通人世　洞口长封流翠霞

天台遇仙故事最早见于汉代刘义庆的《幽明录》，文曰：

> 刘晨、阮肇，入天台采药，远不得返，经十三日
> 饥。遥望山上有桃树子熟，遂跻险援葛至其下，啖数
> 枚，饥止体充。欲下山，以杯取水，见芜菁叶流下，甚
> 鲜妍。复有一杯流下，有胡麻饭（注：蒸舂糯米压成长
> 条的麻糍）焉。乃相谓曰："此近人矣。"遂渡山。出一
> 大溪，溪边有二女子，色甚美。见二人持杯，便笑曰：
> "刘、阮二郎捉向杯来。"刘、阮惊。二女遂忻然如旧
> 相识，曰："来何晚耶？"因邀还家。南东二壁各有绛
> 罗帐，帐角悬铃，上有金银交错。各有数侍婢使令。其
> 馔有胡麻饭、山羊脯、牛肉，甚美。食毕行酒。俄有群
> 女持桃子，笑曰："贺汝婿来。"酒酣作乐。夜后各就一
> 帐宿，婉态殊绝。至十日求还，苦留半年。气候草木，
> 常是春时，百鸟啼鸣，更怀乡。归思甚苦。女遂相送，
> 指示还路。乡邑零落，已十世矣。

陶潜编《搜神后记》、宋人编《太平广记》也记载了这个故事。
刘禹锡游玄都观诗云：紫陌红尘拂面来，无人不道看花回。玄都
观里桃千树，尽是刘郎去后栽。刘禹锡重返玄都观，旧景不再，
桃花已无，路上长满青苔，又作《再游玄都观》诗：百亩庭中半
是苔，桃花净尽菜花开。种桃道士归何处，前度刘郎今又来。刘
郎即刘晨，也是刘禹锡自己的化身。刘阮遇仙的故事口耳相传，
至唐时盛流不衰，元代马致远和王子一也专门据此编成杂剧演诸
舞台。明无名氏《四贤记·路赠》中唱道："你武陵源不宜窥瞰，

◎ 洞天石门

天台路未可轻探。"将陶潜武陵桃源与天台的桃源相提并论，曹雪芹的《红楼梦》第十一回描述：小桥通若耶之溪，曲径接天台之路。石中清流缓过，小鱼嬉戏，风吹来篱落内花香，与天台桃源景色尤其相似。吴承恩《西游记》写山林风景，常有"不亚桃源洞，堪宜避世情""不亚天台仙洞，胜如海上蓬瀛"之句，都源于天台桃源而不是武陵桃源。天台山石梁有清代台州知府刘璈题刻"前度又来"，其典出于此。

天台山周围以刘阮遇仙故事出名的景点也很多，新昌、嵊州有刘阮庙和刘门山、阮洞、阮公坛等地名，附近的村民多姓阮。横渡桥畔建有一个刘阮庙，余姚四明山有四窗岩也以类似故事相传，甚至有人考证出歌仙刘三姐是刘晨的后代。

桃源位于天台城西北13里的天宫乡，驱车经过上宝相村，步行转过一个小小的山湾，桃源的绝妙景致就呈现在眼前了。穿过乡野阡陌，走进一处深峻的峡谷，左边的山岭叫作"秦游岭"，右边叫作水磨岭。明代人文地理学家王士性在这里建造了俪仙馆一所，种桃植树，置田耕作，颐养天年。现在我看到的三间石屋，像是庙宇，供奉的是桃源二女。

徐霞客第一次来"自坪头潭（平桥镇）行曲路中三十余里，渡溪入山"，"涧随山转，人随涧行。两旁山皆石骨，攒峦夹翠，涉目成赏，大抵胜在寒、明两岩间。涧穷路绝，一瀑从山坳泻下，势甚纵横"。二十年后所见桃源，"石峡之内复有石峡，瀑布之上更悬瀑布"，皆从西北杳冥深远而不可见的地方来，缤纷乱坠于回崖削壁之上，岚光掩映石色欲飞，绘声绘色，极为传神。

沿山溪溯流而上，峭壁参差林立，镜潭帘瀑，映带其间。桃源的青山绿水拥我身周，重崖之上复有重崖，宛如飞檐杰阁，

瀑布之上更有瀑布，犹如起舞婆娑。清代袁枚诗云，"五步一峰转，十步一峰变。重重天堑形，幅幅屏风面"是桃源无穷的佳致。为了重现当时桃源的胜境，宋代天台邑令郑至道在元祐二年（1087）夹岸种植桃树数百本，采山上的毛竹架椽覆瓦，建会仙亭和俪仙馆，可惜时久已湮没，而今桃红依旧，芳踪难寻了。

滢澈的山泉在脚下淙淙流淌，水声如鸣玉琴，一片清越，这就是鸣玉涧了，涧边平旷，芳草芊芊，这就是桃花坞了。转过一个山弯，抬头仰望，有瀑布重崖壁上挂下，原先瀑下是一处龙潭，已经被沙石壅塞了。自潭边攀登，再转一个山弯，看到一处燕尾瀑飞挂，坠落深潭之中，往里行进，豁然开朗，一个大峡谷呈现在我的眼前。依立岸石，仰视南面两座山峰，崖石卓然，宛如仙姬飘云而降，舒展广袖，这就是双女峰了。遥望西边的山峰，壁立千寻，朝阳初升，最早照临其上，人称迎阳峰，而中间的山峰，把群山的翠色合为一处，则被称为合翠峰。

桃源最引人注目的地方是桃源洞，要真正看清桃源洞仙境，得返回俪仙馆，从水磨岭头逶迤而下，爬过两山间的峭壁，可寻访崖上的一处洞府，可惜我来时没有竹梯，上不去，听说桃源洞宽可两个人并坐，高可站人。洞口绿藤缠绕，幽寂无比，但是不是刘阮住过的洞府呢？

桃源洞下山谷仰望西南一峰，如仙女一般，人称仙女石，峰谷之间草石相偎，该是迷仙坞了。在幽谷之中，有石横然，传说是两位仙女登石招手引导刘晨阮肇的地方，称之为望仙石。蓦然见得群峰攒聚，一瀑蔽崖而下，倾落深潭仙女于此解带化作金桥，故名金桥潭。潭内磐石品列，也是仙女与刘阮下棋的地方，称作仙弈岩；郑至道在这里建造浮杯亭，效王羲之兰亭修禊雅事，人称会仙石。

几年前，天台当地有一批文学朋友在这里采风迷路，无意中又发现附近的金桥潭迷仙坞崖壁上两个洞府。朋友汪林说，这里有西坑北坑合流，北坑又名羊坑，坑上崖首有瀑布轻泻，所谓的刘阮洞就在有瀑布的山坡上，因山坡上草木繁茂，无路可走，其洞很难发现。洞有两个，一个朝东，出去就是瀑布，另一个朝南，下洞十余步就是溪涧。每个洞有一张大床那么大，躺一个人嫌宽，躺两个人够好。两洞洞底一线相通，可以相互喊话，完全合乎《幽明录》刘阮故事之中描写的情形："应邀还家，南东二壁各有绛罗帐——夜后各就一帐宿。"刘义庆描述："南壁与东壁各施一大床，至暮，令各就一帐宿。"地点方位非常符合，文友断定，此即刘阮洞无疑了。

刘阮洞上下虚空，我只能翘首遥望，望穿秋水，仙事如昨，难以挽留，却把一脉幽幽的情愫归降在陡峭的崖峰之上，透过云彩，我便看见双女峰的高髻在云霞中一派生动。唐代诗人曹唐写过四首"拟桃源"的诗，我最欣赏的是他的《仙子送刘阮出洞》。

> 殷勤相送出天台　仙境那能却再来
> 云液每归须强饮　玉书无事莫频开
> 花当洞口应长在　水向人间定不回
> 惆怅溪头从此别　碧烟明月闭苍苔

在惆怅溪畔行吟着，一种幽怨而柔婉的情绪如雾雨一般从心头升起，满载惆怅的溪水，曲曲折折萦萦回回，绕过我立身的岸石，如诗一般远去。我到桃源想起刘阮，一如到上虞鄞县想起了

○ 桃源深处

梁祝，到西湖想起了白蛇和许仙。在惆怅和感伤中我渐渐地出神入化了，再回首我走过的路，已经是桃花艳艳芳草萋萋了。

　　桃源胜境最美妙的是春季，红艳的桃花开满山谷，夭夭灼灼，一片烂漫，每当风起，花瓣起舞，落入溪中，随波逐流而去。此刻我也变得很古典，忽然想到郑至道游桃源的情景："是日也，天气清明，东风和畅，岩端过雨，疏云留日。余与诸君携茵席，挈壶觞，上登崔嵬，下弄清浅，流觞藉草，惟兴所适。山肴野蔌，具于临时，脍灵溪之鳞，茹金庭之蕨。"他们"挂衣长松，落帽幽石"，把酒于桃源石上，酒酣而歌，声振林木，引得樵夫牧厮荷柯倚策而视之。郑至道认为此间山水清而他的诗文俗，景物富而才思穷，不能名状洞中的幽趣。确实地，桃源的山水之美，用文字表达是非常困难的。"再到天台访玉真，青苔白石已成尘"，"草树总非前度色，烟霞不似昔年春"，桃源春晓颇能撩人情愫的。我单身只影来到这春晓中的桃源，并不是简单地延续那份情缘，而是重新找回迷蒙中的自己。

◎云端小镇

大同：峡谷深林竹笋故事

　　天台北山大同是县境最边远的大峡谷，与新昌、宁波接壤，地处宁、绍、台三州。山高林密，竹海婆娑，展示山地风土民情的纯粹与原始。在峡谷中穿行，山风扑面，成片竹林，飒飒作响，随风摇曳，起舞蹁跹。从地图上来看，浙东大峡谷以天台宁海交界的白溪为中心界，其西北区为外胡、上深坑和大同五村，为天台所管辖，其东南区为宁海双峰乡的逐步和王爱乡的下寮、王家染、柏油塘村。宁海村落离峡谷很远，比较分散，不及天台辖区村落集中，交通也不及天台辖区方便，竹林也不如天台辖区茂盛。

　　天台民谣：大同九里坑，双脚走歪绷；大同九里坑，孟菜和笋梗。可见山村幽僻难行，现在已经开通柏油公路，人们还是喜欢徒步旅行。大同之名，一说是山中毛竹大筒（同），又因峡谷中有大同寺。大同寺名菩提大同寺，创建于五代的后周显德五年（958），比华顶寺晚了22年。"大同"一词首见《礼记·礼运》，在佛教中赋予众生平等的意义，民国十三年（1924），写过《大同书》的康有为曾经想亲自游走一番，但因为地处僻远只好作罢。大同寺最盛的时候，有僧徒逾百，新中国前后衰落，房屋成为政府办公楼。而今早已破败不堪，一片荒凉。

　　沿峡谷流淌的白溪主流，发源于华顶拜经台北麓柏树岩岢，流过大同寺，又名清水溪。另有一溪发源于天柱峰，南转东流，经天封村，称天封溪，又名浊水溪。乘天（天台县城）大（大同）线路经天封、外胡村、岩头厂，至鹿葱岢一线，为大峡谷西缘，右转，到上王马、筒箕湾、董家坑、大屋背、麻珠潭、下深坑、王木坑、田岗岭村，或往北，转柏树岩岭脚，复东向经岭脚、石笕、笕漆排、象下、大同寺、下洋，到风箱庙，直去至上庄、中央董、培山。如过溪到下庄、银板坑，有横路，可达宁海逐步村。银板坑下的峡谷中，有一座名为"永迎"的石拱桥，为天台与宁海的交界。

　　银板坑村是天台最边远的村庄，地处峡谷东山腰上，悬崖绝壁之上，唯鸟道可通，现在也建成了机耕路。村民姓余，为避难从南京迁来的，是太平天国军士的后裔，对天台人说天台话，对宁海人说宁海话，在村里说南京话。峡谷对面，为大屋背村，可相互呼应，但走过去需要四五个小时。

　　我来大峡谷的时候，正值四月，走在竹林之中，听到阵阵锄头掘土的声音。大峡谷村落几户几十户不等，皆以竹木经营为主，农耕为辅，挖笋是最重要的经济来源。挖笋季节虽然仅仅两三个月，非常劳累辛苦，但效益远远超过农耕。峡谷的竹林遭受过罕见的冰雪灾，竹子上积留的雨雪结了冰，竹子就弯成一把把弓，被风一吹，竹节爆裂竹竿折断。竹子质地坚韧，即使竹竿破裂，只要有枝叶连着，还是能维持旺盛的生命力，但严重影响笋的产量。笋农说要多留一些笋种，使之恢复成林，被压坏的毛竹，只好做竹帘了。"能给竹笋造成毁灭性破坏的是野猪。"如果有野猪光临，竹笋就会被啃得精光，笋农用各种

方法驱赶野猪，或放鞭炮，或竖稻草人，敲竹拍，均无多大效果。甚至有人在竹山上布置电网地枪，后来失误伤人，再也不敢用此下策了。

大峡谷中，每株毛竹都标有笋农名字，表明这是他们的责任山。一些村民不但打理自己的竹山，而且还承包别人的竹林。竹林的繁殖能力很强，如果把春笋全都留种成竹，任其无节制生长，既导致土壤养分丧失，也影响到竹材的质量，最后可能会毁掉整片竹林。挖笋是一个人工选择过程，要留下强壮秀直的，剔除瘦弱病残歪扭的。笋种旁边插上一根小柴棍子以作记号。挖笋

◎浙东大峡谷竹林

有什么诀窍呢？笋农告诉我，雨后放晴，竹林地面有隆起和裂纹，"挖笋无法，全靠会刮"。所谓的"刮"，就是找准竹根（"竹鞭"），顺势挖下去，小的芽头留着，大的挖去。其实挖笋也是一种松土，能促进毛竹的生长，增加竹笋的产量。

"清明之前笋宝贝，清明之后笋当菜。"竹笋的价格因季节的关系，从贵到贱。春节前所挖的笋，称为冬笋，那是不合时宜的早萌笋，笋壳金黄。尽管不成材，但是味道鲜美，这种冬笋个头如拳头那样大，圆溜溜，圆滚滚，又称"团笋"，收购价为五六元一斤，冰雪灾时能卖到十六七元一斤，供不应求。

俗话说：势如雨后春笋，是因为笋在破土之后，尤其是在清明之后，生长速度惊人，一两天就蹿上几米高，没几天就蔚然成林了。竹笋生长力量巨大，在静夜里人们能听到它们拔节的声音。它能顶翻几千斤的巨石，有个笋农住在山脚的窝棚里，一天夜里窝棚上方山坡上的一棵竹笋，顶翻了一块山石。石头滚下来，将他们的半个窝棚砸塌了，落在他的床上。他跑了出来，而妻子却被砸断了腿骨，经过治疗和休养，半年后才痊愈。在下深坑村，我遇到一对赶着骡子的小夫妻，女人告诉我，一天可以挖300斤到600斤的竹笋。他们的竹林在山脚下，将挖好的竹笋的根部和外形修整一下，然后装袋，放在骡子背上，沿坡而上，驮运竹笋到公路边收购点，距离一两里到三四里不等。以前得肩挑手扛，现在有了骡子，也就省力多了。一头骡子一趟能驮600斤，爬陡坡宛如走平川，又快又稳。一头骡子价值4000元至5000元，春笋出售有了收入，她想再换一头新骡子。

产笋季节，笋农们每天都要上山。不管刮风下雨，都要穿着蓑衣，戴着竹笠，扛着锄头、竹篮。挖笋就是抢时间，赶上竹笋的生长速度。竹笋的生长速度奇快，所以，挖笋必须及时。泥土下的竹笋，笋壳金黄，叫作黄须笋，卖相好，滋味也鲜甜；出土之后，笋尖变黑，称为"乌头压"，如果不采挖下来，滋味就变苦，卖不出好价钱。清明之后，笋的产量提高了，但笋价跌了。笋农吃住在山中的窝棚里。窝棚就地取材，为竹帘搭建，棚顶披油毡或箬叶。锅灶很大，可以煮笋做饭。窝棚一般选在交通便利、水源丰富的地方。周边搭起竹架子，架子上放上竹帘，可以晒制笋干等；构筑地灶，口径特大的铁锅与木桶连在一起制成"淘蒸"，用于煮笋。一般来说，到了笋季后期，竹笋的收购价格较低，笋农就不再出售鲜笋了，而把笋剥壳加盐，整齐堆放在"淘蒸"里，一次能煮600斤鲜笋。通常，100斤的鲜笋，需加20斤盐。

煮笋干，选用长度一尺左右的笋最为适宜，而小个的半尺以下的则制成笋茄，颜色红紫，形状如茄子一般。先用大火烧开，再用文火煮六至七个小时，放在架上烘焙晒干，一般需要七至十天，才能烘制为成品。成品放在塑料袋里储存经年不坏，选用鲜嫩的笋脑制成的笋干，价格不菲。如运到北京，一斤能卖到五十元，而一些个头很大的竹笋，煮熟之后放在大石头下压扁，榨出水分晒干，如同海边的鳗鲞与山中的木柴一般，称为笋毡，易于保存。食用时浸胀，用小刨刨成薄片，或者将竹笋撕成薄片，或

○笋农生活

者切成细丝，加盐蒸煮之后，烘焙晒干出售，可以卖到十几元二十几元一斤，成为深受人们喜爱的最富有营养价值的山野绿色美食之一。

在大峡谷的村庄中，我受到了当地笋农的热情接待。一碗茶中放四个煮鸡蛋，是山中待客的最高礼节，与之相媲美的就是山中的笋食，无论是鲜笋，还是笋干，配上山间腊肉，味道清纯，

真香悠久，与竹桌竹椅竹床竹屋互为和谐。在笋农家吃饭，印象最为深刻的就是这里的腌菜煮笋及竹笋炖肉。将腌制的大白菜切碎，加上笋片，加盐同煮，晒干。食用的时候，加油或炒或炖，令人胃口大开。这种腌菜笋不亚于绍兴的霉干菜。煮后的竹笋和冬笋，味道最好，不管凉拌、煎炒还是熬汤，都鲜嫩清香。用笋脑笋干加腊肉或鲜肉同炖，肉味笋味相互补充融合。大峡谷中的牲畜，都用山间的笋壳野草粮食饲养，没有任何污染，滋味更加鲜美。苏东坡云，"宁可食无肉，不可居无竹"，"无竹则俗，无肉则瘦"，有人说，不俗不瘦，竹笋炒肉，在浙东大峡谷山村里吃竹笋炖肉，两者兼顾，尽善尽美，尝出大峡谷独有的人间鲜味。

在山村里，我见到房前房后的竹笕，把竹子对半劈开，打通竹节，用竹棍支起，通到各自的灶台水缸中，可算峡谷山居毫无污染的矿泉水。苏东坡用天台竹沥水与蔡襄斗茶，蔡襄以无锡的二泉水来斗，结果败了北。我初以为竹沥水是竹笕引来的山泉水，其实不然，它是在天台山竹林中以"断竹梢，屈而取之"，据说一根竹子折断后，一天一夜能流出十多斤竹沥水。自苏东坡"胜利"的消息传遍京城后，人们纷纷到天台山竹林里"断竹取水"，用银罐子密封好，运到京城里去，供别人斗茶所用。

无独有偶，煮笋所留下的浓汁，滋味更为鲜美，成为山间特有的调味品，比时下的酱油鸡精之类的好得多。袁枚的《随园食单》就写到天台山僧人制作的笋油，为馈赠佳品。大峡谷山村出产的笋干制品，因为蒸煮时间长，使得竹笋中的纤维素得到了全面的转化，并且易被人体吸收。山居竹笋烧肉口感脆

软，保持香、鲜、嫩、脆，大大增进食欲。《本草纲目》《齐民
要术》《神农本草经》《食疗本草》《食经》《唐本草》等古籍中，
都记载着竹笋的效用。竹笋性甘、寒，无毒、主消渴、利水益
气、可久食，低脂肪、低糖，富含植物蛋白、钙、磷、铁、镁
等矿物元素，据说能预防大肠癌和高血压，清热化痰、利水消
肿、润肠。

　　久住北京，几年没有吃到南方的鲜笋，而现在，却让我胃
口大开。在大峡谷的农家里吃笋菜，宛如品茶一样，情味非常深
厚。居住在山村农户家里，倾听林涛鸟声此起彼落，跟随山民学
习挖笋制作竹篮畚箕等，提着柴刀扛着竹杠当樵夫，都是一种很
好的全新的山村风情体验。大同峡谷村民歌手能唱原汁原味的山
歌，也是很有特色的文化采风。在大同峡谷里的竹林村庄行走，
我成了一个山中快活的神仙。

○ 竹林环绕的村庄

◎ 竹林簇拥华顶

◎ 瑞雪北山村庄

悠然放歌，飘过北山村落

　　家山重回，倍感亲切，也倍感沉重。家园久别重逢时，又觉得非常新鲜。

　　老家外胡村紧靠华顶国家森林公园，北行经岩头厂村、外胡坦，沿防火线行走至柏树岩岢直上拜经台。外胡村距拜经台8里路。

　　曾在天封教小学的朋友张利强先生，用唐诗"西出阳关无故人"一句做谜面，打一村名，其谜底就是"外胡"，精妙至极。外胡村天台边缘小小的岭上盆地，树木葱茏，阳光充足，空气清新。前山过于高昂，若水牛耸脊，谷口有小土丘，若黄狗盘地。全村除一户人家姓周外，其他皆姓胡。祖上自宁海中央山榧坑一带迁入。同族人则有历史学家胡三省等。胡三省为宁海人，署名则为天台人。此处卜居，得其所哉。虽在高寒之地，却有众山环护，得其福庇，甚为难得。虽在偏僻一隅，却少天灾人祸，平安清闲，不妨逸乐。

　　外胡村村周原有许多开辟的稻田和菜地，大多荒芜，满山遍野的都是连绵不断的篱笆墙。这里野猪多，今天种下去，晚上就给翻了个底朝天。村民的猎枪全被收缴了，主要是为了保护野生动物。现在已有狼和豹子出没了。

　　1948年，解放天台城时，解放军在外胡村组建了后方医院。伤员在战场上转下来后，就运送到大峡谷上深坑附近的深山老林

174

里。外胡村民自始至终地担任了保卫掩护和后勤工作，当时国民党军队曾经好几次来搜山，都被狠狠地打了回去。当时，参加战斗的就有邱康龙、练孟庆、王加金等人。天台解放不久，当地有一群土匪烧杀抢掠。外胡村组织了一批基干民兵，添置了18支枪，进行自卫，并参加剿匪战斗，在外胡村附近的湖石口地方展开血战，北区区长张金顺被围，负伤牺牲。剿匪胜利后，18支枪也就完成了使命。

朱封鳌先生和他的妻子曾被下放到外胡村教小学。他在20岁出头因邓拓之约出版了明清故事集，与"三家村"有密切联系，到外胡村接受贫下中农再教育。朱封鳌离开外胡后不久，即调回台州地区文联，编辑《括苍》杂志，担任《天台县志》的总纂，有诸多佛教天台宗研究专著行世。与他谈起外胡村时，他也总是感动不已。

二十几年前，外胡村组织农民越剧团，演出剧目有《双金花》《血战北狼关》《三看御妹》和《金玉奴》等，自娱自乐，农闲时，他们都到附近各村演出，土色土香，很招人喜欢，远的演到宁海、新昌、三门一带，影响很大，后来女演员出嫁了，补不上来，就偃旗息鼓了。外胡村里的人本来可以砍一些柴来卖，现在人家都用煤气了，砖瓦窑也不开了，柴的销路也没有了。冬天时，村民在屋子地中央挖一个火塘，边上砌砖，生炭火讲白话。村民寄信要到天封去，外边寄来的信也搁在天封村，有许多紧要的事全给耽误了，外胡村的人只得跳着直骂娘。外胡村的小学校烧掉后，学生只好到天封去上学。7岁的小孩每天都要来回赶十里的山路，后来就住在天封的学校里。小孩回来瘦了一大圈。朋友说，这个地方虽然破，但能出艺术，能出作家。这里出产的冬笋番薯，倒是两大山地特产呢。

　　从外胡到天封，步行可从外胡前山岗下岭，过两座石拱桥，经毛竹篷村。若坐车，必须转过一个大弯，脚下是个大峡谷，像个簸箕，故名大坑斗。发自华顶灵墟山，与天封相接。过八寮，至宁海双峰，约有八十里长。大坑斗沿谷山坡皆是<u>丛丛修竹</u>，间或层层梯田，均为当地村民耕作。大坑附近曾有村庄花肠坑，今已废。天封村成村时间不长，不上百户，因天封寺得名。据说寺成之后，大殿比皇宫高出三砖，皇帝知道后想毁掉，和尚聪明回复圣上，曰"此寺为上天所封"的，故名天封。天封确是风水皆宜所在：坐北朝南，村前也有双涧回澜，村周也有五峰环抱。当地百姓所云"五马回槽"，虽与国清意趣相同，但比国清开阔悠远。村庄背靠华顶主峰，更显高远。村前有宋代石拱桥一座，桥

头北端有大樟树一棵亭亭如盖，每当山岚四起，群山缥缈，殿宇轩昂，亦显法相庄严。而今，满目的却是一片田园风光。能让人凭吊的，只是那座拱桥和桥端残留的两个石鼓。寺院被毁后，一些匾额被砌在村庄附近的大路和水渠中，不管风吹雨打，字迹依然清晰，其间或有珍贵文物，胡乱弃之，甚为可惜。爱国诗人陆游青年时代曾隐居于天台山，与天封寺住持慧明结为知交。慧明重新修葺天封寺后，邀请陆游写了一个碑记。陆游云："予尝患今世局于观人，妄谓长于此者必短于彼，工于细者必略于大。自天封观之，其说岂不浅陋可笑也哉！"倒是淋漓尽致地寄寓了自己的情感和对人生的深层思考，至今读来依然感到很沉重。

从天封村往西行走一二里路，过一石拱桥，在桥西边往右北上，就到华顶坑村，村子不大，只有几户人家，小路从村后穿过，经一座水泥板桥和一片茶园，在竹林的石阶路上走过，就看见一座已经废弃的老屋，再向上行走，就到了一片开阔的草坪，左转就看见华顶寺，五六里的路程。如在拱桥处往西直走，转一个弯，可到上潘村，上潘村依坑谷而建，房屋层层抬升。山道从村中穿过，往西北而行，过东岭岗西行，就到双溪村。

双溪村之双溪，一为里岙溪，发源于华顶山揭桶档附近，二为西头溪，发源于马啸坪岗，在村前交汇，村庄在一处小盆地上。双溪村紧靠华顶最近，海拔与外胡村相近，两村所出产的云雾茶与华顶的品质相近，天台人齐中钦在《峭茜试茶录》中说，"双溪鳃甲"产于华顶峰下双溪村一带，茶色深绿，茶味浓厚，品质上追茅蓬之茶，但是因茅蓬之茶很难得，便以高价收购此处茶叶。而今茶园有所荒废。村民自己制作少量，或自用，或待客。双溪村也产毛竹，尽管竹林不及大同五村外胡上潘那么多，但因为地处高寒，竹笋亦为上品。双溪村有 800 年历史，一半村民姓吴，其祖上曾担任浙江青田县的教谕，见此地适合隐居，便迁

天封村

◎双溪村

徙定居于此。村边古时有东隐寺、西隐寺，在村后山冈上有华严寺，已经成为废墟，被泥土所掩，时有破砖断瓦被村民挖出。离村一里许建有一个禅院，据说有一外籍僧侣在此修行。

天台大学士齐召南，对双溪村情有独钟，有歌行古风诗见于《宝纶堂诗钞》，意境甚妙，可惜地方志未录。

前溪后溪流向东　前山后山矗碧空
山环水汇得平地　双溪山房当其中
吾友新迁非旧卜　古书应向名山读
径来相别去匆匆　呼我作歌拟盘谷
双溪记得昔游曾　历历山水犹在目
东北华顶西石梁　顶看海日梁飞瀑
兹地经过暂息肩　溪水清香手频掬
小潭见底跃儵鱼　深林隔雾行麋鹿
村落寒多雪未消　几树桃花夹茅屋
居民采药兼采茶　沿山万顷森修竹
家家灯火照黄昏　织筐编箔排苍玉

欢岭詧岭望非遥　千秋风霜犹堪续

若问扪萝造访期　期在明年春笋熟

　　此诗很有山居怡然自乐的意境，富有隐逸情趣。诗中所谈
到的欢岭，为欢岙岭，为顾欢的隐居地，詧岭为高詧隐居地，顾
欢、高詧，均为汉代名儒隐士。詧岭位于双溪之西，过双溪岙
头，往右有小路，为山间故道，为天台城佛陇桐柏山等处到华顶

○在教封潭俯瞰龙皇堂

峰的必经之路。路旁绿荫蔽日，鸟喧虫鸣，非常幽清空寂。经一路廊，五六里即到高詧结庐之所，为岭下石梁镇中学，路旁石上有"汉高察隐居处"的摩崖，书法遒劲而端庄。旁有岩卓然，顶上一泓清碧，经年不涸，人称一奇。

龙皇堂为石梁镇政府的所在地。驱车至龙皇堂，往东可登华顶望云，往南可至高明真觉悟禅。天台山南北坡的暖冷气流在此相汇，故常有云骤雾起，人称龙皇在此行云布雨之故。天台山有民

谣"有女不嫁龙皇堂，雾露清水满眠床"。龙皇堂一带又称"集云"。

传说龙皇堂有一条断尾巴龙，因道行不足，只会行云，不会布雨。龙皇堂附近的许多地名，与龙有关。龙皇堂之南有村曰兴龙湾，可算是龙皇的浴池，兴龙湾之西二里许有镇龙岩山，山坡石头方正犹如切豆腐一般，相传为神龙掉尾所作。山顶有敕封潭，则是这条龙的安居之所了。站在山顶，方圆数百里青山城镇田园尽收眼底，华顶拜经台近在咫尺。每当风起云涌，更是气象万千。由于此间风向不定，见乱云在寒风阙上旋飞翻舞，山风扑面，沁人肺腑，可令人超然物外。此山亦名清风山，倚山看景，不亦快哉。

龙皇堂是高山顶上的一个小小盆地，土地膏腴，平旷悠远。田园宁静质朴得如山地的少女。龙皇堂村舍皆以花岗岩砌墙，石块皆整齐划一，方方正正，一直从地基砌到屋顶，统一凝重、和谐，此间山居可以与温岭石塘的渔村相媲美。范文峣的村景更令我驻足流连：村中松树柳杉刚直挺拔，在浓荫深处偶见一角花岗石墙和瓦檐来，更觉得醒目而清秀，农家二三，隐现于阡陌稼禾之间，是令人神往的佳境。

吴冠中先生游天台山时，对龙皇堂村舍情有独钟，龙皇堂村北边茶山中有一石砌的小屋，被吴先生画成速写，收入其作品集中，渐被人知。这种茶山石屋，在当地比比皆是。龙皇堂村附近多奇石嶙峋，悬崖壁立，近来已经建成浙江省最大的无污染高山蔬菜生产基地，并且注册了商标，农产品供不应求，远销到中国上海、香港及东南亚各地。

龙皇堂附近的村名很有特色，高桥距离龙皇堂仅半公里，桥不高，仅半米，何故名高桥呢？察岭后有村曰："平地。"仅在山冈上，方圆几百平方米，大惑不解中，忽想起天台北山的一句民谣——"高明好高不高，太平好平不平"，很有禅意，顿有所悟。徐霞客从龙皇堂依岭而下，"每下一岭，余谓已在平地，及下数重，势犹未止，始悟华顶之高，去天非远"！此古道过寒风阙、兴龙湾、冷水坑、水磨坑、真觉寺、金地岭，直到国清。

散文家郁达夫在《南游日记》中写道：

> 我们到了塔头村，看到了这高山上的大平原，以及东、西、南三面的平谷与远景，已经有点恋恋不忍舍去了；及到了更上一层的俗称"水磨坑""落水坑"上的高原地，更不觉绝叫了起来。山上复有山，上一层是一番新景象，一个和平的大村落，有流水，有人家，有稻田与菜圃；小孩们在看割稻，黄白犬在对我们投疑视的眼光，桃花源上更有桃源，行行渐上，迭上三四条岭，仍不觉得是在山巅，这一点我觉得是天台山中最奇特的地方。将来若要辟天台为避暑区域，则地点在水磨坑、落水坑(陈田洋、寒风阙的外台)一带，随处都是很适宜的。

水磨坑在半山腰，有机耕路可以直达，游览起来也较为方便。水磨坑何以得名，尚不可考，村西有山溪清流，自悬崖直坠深谷，化而为瀑。瀑前两崖相辏如门，行到瀑布顶上，不敢下视，此景若天台山的铜壶滴漏一般深窈，引水而出，可以推动水磨水碓做工，我想，若在这里建造水磨水碓坊，既能解决村民碾米磨粉之急，又可添一人文景观。此水源于北山龙皇堂附近的寒风阙，往南流，上段为冷水坑，中为水磨坑塔头坑，其下为国清舍溪，到国清寺照壁合一自西而来的小流，称为"双涧回澜"。

国清寺下段则称为赭溪，因溪石赭色而名。可惜年代久远，旧景渐缺，相当遗憾。

水磨坑村舍皆依山而建，这里找不到一块平地，得先在山坡上开凿出台地，夯实基础后方可启建。建筑材料得全靠手抱肩扛，建造屋舍费用要比平原高出四五倍乃至六七倍。农舍形式各异，各抱地势，结构随意，每个瓦檐每堵山墙，却各有情性，不求一律，皆为木楼，下层关牲畜，上层住人。有些房子，在三楼

◎ 水磨坑村

◎ 金地岭脚石屋

或二楼的后面开出后门与大路相连接，或以木柱子挑出阳台或瓦檐，凭虚凌空。由于因地制宜就地取材，故房舍坐落比较随意，整个村庄的布局主次分明，错落有致，结构严谨。石屋的门大多紧锁着，院子深深却空空落落。我一共遇到四位村民，其中有一位担着牛栏（厩肥）穿过石屋小路，准备下田，一位赶着牛正穿过石屋村道上山，一位在门口择菜的农妇，一位在吃早（午？）饭的老人。这位老人在破旧的瓦檐下，就着温暖的阳光喝粥。时光陶醉在饭碗里，对我的到来无动于衷，估计他要单身一人伴随着石头屋墙和花格门窗度过余生了。他全神贯注着他的饭碗，怡然自得。我遇到一个围着皮拦腰的陆姓老人，笑容可掬，见我独自一人乱窜很奇怪，与我聊了半个小时。他告诉我他89岁了，却耳聪目明，在村道中健步如飞，颇有些仙风道骨。他说，他是村中长大的，从未去过外地。

水磨坑石屋大都建造于清朝时期，村民皆姓陆。有我认识的几个朋友，陆修台、陆考其等，是陆游之兄陆淞的后代，陆蠡的父亲是修字辈，他本人是考字辈。那位陆姓老人告诉我，目前村中人都外出打工了，古老村庄已成空壳，虽然破败，但名声赫然在外。我在许多画册中看到过这个村庄的照片。许多画家摄影家都来这里写生采风。因为村庄饮食起居非常不便，找不到一个卖杂货的小店，也找不到时髦的"农家乐"去饮酒，大家只是匆匆地来，匆匆地去。

塔头坑谷与金地岭首，高差数百米，却是两重天地。山顶种植单季稻，山脚则可种双季。水田极少，唯有零星坡地，土质略呈砂性，肥力极差，树木亦稀疏寥落，每逢滂沱大雨，浊流依坡而下，水土流失极为严重。无论种田种菜施肥收获，都要靠双肩

沿坡上下，坡地极陡，坡度45度至50度，有的地方竟达60度，连肥桶也放不牢。挑担走路上岭下坡，举步维艰，腰酸腿疼。倘若下坡，一不小心，便会连人带担滚下山去，城里人来即使空手而行，双脚也如弹琵琶一样。塔头坑田地亦散布于村周，亦沿坡上下，坡度虽比塔头坑平缓一些，但绝不小于45度，村民挑担汗流浃背步步艰难，他说已经习惯了。老祖宗在这里开荒辟地盖房时，人也没有现在这么多，技术也没有现在这么先进，所垒砌的梯田坡地，一直从山脚延伸到冈顶，足令我惊叹了。"同老祖宗那时相比，我们是够幸福的了。老祖宗留下的产业，我怎舍得离开呢。"那村民说。

水磨坑到塔头坑，沿坡南五六里路可达，道路甚为崎岖。此间有横路五里可达瓦厂坦村，塔头坑村村舍依山而建，终在谷底，四面逼仄，形似铁镬，我唯一担心的是，一下暴雨，会形成大规模的泥石流。每次仰头看汽车在头顶上轰轰隆隆地开过，很觉得沉闷，有点透不过气来，现已修机耕路到塔头坑，上城落市较为方便；西行十里左右，有村曰黄石坑，在半山腰上，交通不便。其村舍皆以乱石垒墙，瓦脊陈旧，屋柱房梁黝黑，极少有青壮年在家。该村可以在金地岭脚处仰视可见，若在天际，风景倒很优美。自山脚路廊处一直沿着陡坡前行，未到村边，已是大汗淋漓，依墙坐看，对面金地岭万松掩映，山色苍翠欲滴，不觉陶然。金地岭下，有一小屋，是农民还是僧人居住，没必要知道，但建筑样式独特，环境甚好，我很喜欢。

大溪水云，度尽沧桑

  天台景致，在山，也在水。山成了天台乡土的骨骼，水成了天台人的文脉与血脉。而水蒸腾成云，则成为天台的精神气。云水流转，溪山依旧，人间几度沧桑。

  天台是云水相拥的小城。这个小城的选址恰到好处，平野开阔，风水咸宜，始丰溪自西来而来，横贯天台全境，然后在县城之东打了一个7字形，折而南流临海。天台城北有桐柏、佛陇作靠，南有龙龟山拱卫，东有水口丹丘山关锁。丹丘山成了天然的屏障，挡住南来北往的风。

  每当朝暮，阳光霞彩在山顶映照的时候，云影落在赤城丹丘的山头，也落在始丰溪的水面，天台城也成了云端上的仙境。丹丘山也叫东横山，状如覆舟，山体红色如火，为土质红壤之故，与赤城山遥相呼应。屈原《楚辞》中说，"丹丘"是仙人居住的地方，汉代时有丹丘老姥在此种茶采药，宋代又有刘仙人炼丹。孙绰在《天台山赋》中说丹丘山，"仍羽人于丹丘，寻不死之福庭"，后人在山上建有丹丘台，这里出产的名茶，叫做丹丘雾芽，堪称珍品。皎然诗云：丹丘羽人轻玉食，采茶饮之生羽翼。天台人把丹丘叫做黄榜山，在氤氲的朝雾和霞光中，紫气东来，恰有吉祥瑞安之意。

东横山下有古渡是为莪园。诗经云："蓼蓼者莪，匪莪伊蒿。哀哀父母，生我劬劳"，明代天启年间中进士，任工部营膳司主事的张文郁就出生于此，他与弟文郊、子元声一起退隐到桃源胜景，自号桃源散人，人称"张氏三逸"。张文郁告老还乡的时候，娘舅要他将青山岊至扁担岩的"水花浪丘"始丰溪卖给他，大司空第建成后，娘舅却借故说有自己的一份，张文郁把整座建筑送给娘舅。华光巷里有张文郁的故居"度予亭"，门额上镌有"资政大夫之第"，有后堂、中堂，度予亭、前厅、正厅，一进两厢，曲院回廊相连，十八个院子走进去，绝不露天，虽曾遭火，经过一阵整修，依然不失于旧时风貌。

东横山北有燕窠岩，仰望削壁耸立，状如雁荡，颇能入画，上下皆是悬崖，就像燕窠一般，奇险非常。旁有飞瀑，谷中有庙，供奉铁甲将军。燕窠岩下有鸡笼石。飞瀑急湍，有小潭深窈。玲珑剔透，犹为景致。相传天台齐召南因齐周华所累，皇帝一怒

○ 始丰溪近城段建成一个公园

之下要将其充军，齐召南说，别的地方不要充，要充就充到海岛鸡笼石！皇帝还以为鸡笼石是最坏的地方，一充就把齐召南充到老家来了。

齐召南是天台城关龙门坦人，与齐周华合称天台二齐。齐周华为兄，号独孤跛仙，桀骜不驯，曾为吕留良辩护，得罪于朝廷，被凌迟于杭州。他著有《名山藏副本》，足迹遍及祖国名山大川。齐召南尊称齐大人，是个神童，读书一目十行，过目不忘，为清康熙年间以博学鸿词科取荐，被召试于太和殿，钦定为二等第十名，入翰林院庶吉士，成了皇子宏瞻师傅。他是著名文史地理专家，著有《水道提纲》《大清一统志》《历代帝王年表》等，他在龙门坦巷的故居，可惜被拆除了。

天台是个老城，在三国吴大帝永安（公元258—263年）建造了第一座城墙，明代嘉靖年间，修葺了更为完整的城墙，与别的地方不同，城开八门，传说与明代成化弘治年间的谏官庞泮有联系。庞泮五短身材，人称庞矮，天台城内曾有八尺牌坊，毁于"十年浩劫"。

天台城东门为应台门，门内中山路老街，基本保存明清的风貌。应台门进去，有供奉财神赵公明的镇东殿，还有一个税务庙。观音堂也为宋代建筑，供奉济公、观音，另建陈氏宗祠。妙山是个小高阜，有老花楼，取名一说源于"腹有诗书气自华"句，又说源自于《礼记·乐记》："乐者，德之华也"。在山麓，有慎德楼、纯孝门、进士第、亚魁第等建筑，有"门聚德星""作濠间想"等题匾，深有文化蕴涵。花楼有13个四合院，数百所老房子。亚魁第前有匾曰"韫玉含辉"，称通德门。妙山顶上新花楼，为民国地方文史专家陈钟祺的故居。清代同治七年（1868），陈姓家族出了一位武状元陈桂芬。其祖父在他五岁的时候就教他练武，每天晚上将便桶放到卧室门口，用重十三斤和三十斤不等的石锁抵住房门，让他搬掉石锁后才能解手。陈桂芬13岁拜民间拳师学习武艺，力举石礅。随年岁增长，石墩不停加重，考武举时候能举360斤的石礅。他臂力大，在考武状元时拉开据传岳飞传下来六百多年没有人拉动的力达700斤的古弓，又考射箭、舞刀、书法等，文武全能，一举夺魁。光绪二年（1876），陈桂芬被钦点为头等侍卫加四级，赏顶戴花翎，乾清门行走，后选授广东肇庆参将，光绪八年（1882）三月，升任南雄协镇。因与激进党人通信败露，吞金自杀。

妙山旁有孔庙，建于北宋庆历七年（1047）。皇祐五年（1053）改建到今址，历元明清三朝，得以重修。逮至明万历甲午（1594）年间，县推官将饱受溪水冲击的南门移建到孔庙前的学宫之前，称此南门为"环碧门"，并在城楼上悬匾曰"三台"，流经学宫之前的始丰大溪，也叫做"学前大溪"，又雅称为"文溪"，文溪之上，有埠头曰"逸步"，现存孔庙大成殿是清代人建造的。

在孔庙前，我遇到许昌渠先生。他告诉我天台城乡多三退九明堂，为本地特有的建筑样式，退即进也，许多四合院彼此相通，雨天出门，鞋履不湿。溪头老桥，被汹涌的溪水冲断了，尚剩北端靠城的两三孔，在残烟落照中，更感苍凉。断桥附近有涌鱼庙，三开间的建筑，每年这里溪水猛涨，好像鱼群逐浪涌来，后改名涌禹庙，有大禹治水之意。溪头一带民众，每年五月十三日送大水饭。溪岸民居，则以成块的石板竖立为墙，与屋架榫铆相接，皆坚固异常，风格独特，60年代初，《人民日报》刊登涌禹庙线描，将天台民居与湘西吊脚楼、傣族竹楼一起推介。现存的四合院民居较为集中的是在城关四方塘路和东西中山路的范围。许昌渠著《墨湖钩玄》一书，介绍了天台四方塘路贾似道外婆家住宅的遗迹，包括"五关里""圣旨门""叶氏大院""高门头""五世同堂""小门头""长檐头""梅氏大院""五关里""高门头"等星罗棋布的古建，其中"长檐头"为齐召南的祖先一手建造起来的，而离"长檐头"不远处的"橡子山头"古建，则是贾似道的故居。劳动路两侧的"中书第"等明清古建筑，门窗雕刻细腻，结构严谨，气派宏伟，透出浓厚的儒家精神。

许昌渠介绍，华光巷王姓大院，为现代作家王以仁故居。王以仁，号盟鸥，著有《神游病者》《孤雁》《哀中国》等小说和诗歌，与现代作家郁达夫、许杰、巴人（王任叔）等友善，因失恋在海门开往上海的航船中，跳海自杀，年仅24岁。他殒命后，郁达夫写了《打听诗人的消息》专文缅怀之。位于中山西路的"乌门楼许"，为坡街天台许姓人的发祥地。南宋时，许姓始祖来峰公

○中山东路民居

○状元巷

○乌门楼许

许仁自临安辞官而来，归隐于此。现在所见的建筑是崇祯年间的旧物，原设大门五道，18 个房间，10 个厨房，组成一个四合院，外套有 14 个小院。"乌门楼许"的主人许鸣远，明崇祯九年授扬州通判，后改任通州知府，是明代的水利专家。

许杰先生，曾经在乌门楼许生活过，他本是贫民之子，但靠着自己的努力，成为一名乡土作家，担任上海华东师范大学中文系教授。现代作家茅盾评论许杰是当时中国描写农民最多的作家。民国时期，始丰溪清溪段，水流飘忽不定，导致两岸溪地界限不清，因此为争夺溪滩地常导致两岸村民产生聚众械斗。许杰以玉湖、水南为争溪滩地引起的械斗写了一篇小说《惨雾》，一个新媳妇回娘家玉湖庄后，亲眼看见对岸环溪村的丈夫冲过来械斗，被活活戳死，拖过来放在祠堂前的右面石板地上，结局犹当悲惨。许杰先生为清溪人。我所站立的清溪桥头，在天台城西始丰溪和三茅溪交汇处，旧有"清溪落雁"，清溪原为青溪。谢灵运"且发青溪阴"，唐玄宗的"青溪祖逸人"指的就是此带的景色。元代文人曹文晦咏道：

清溪溪口荻花秋　　底事年年伴白鸥
北去不辞书帛寄　　南来非为稻粱谋
荒烟渺渺长桥外　　落叶萧萧古渡头
见说洞庭风日好　　碧波千顷小渔舟

早年这里莪蒿飘摇，芦苇丛丛，绚丽的晚光中，秋高气爽之时，队队雁影横空，那流水汤汤中落满鸿雁的喋啼。时过境迁，落雁不见，所见的是成群结队的白鹭。站在清溪岸边，耳边想起古琴曲，潇湘水云，但又想起北宋浙派古琴家刘志方的《鸥鹭忘机》，觉得他是天台人，所制造的琴曲富有清溪的云水之韵。

在夕阳晚照苍黄暮色之下，西山的剪影如龙耸脊，栩栩如生，山脚云霞暧叇。龙山不高，海拔不上300多米。龙山溪边，有钟鼓岩，一石当中流，四方锥状，曰仙摘岩。龙山中有一小谷地，谷口上有狮象守关，谷中则桃花争艳，人称小明岩。但山顶上的一湖碧水，则为寒明两岩所无。

龙山谷口有山门，小瀑在旁轻泻。沿谷而行，愈进愈奇。谷中，一片桃林，春日来时，桃花缤纷，颇有桃源情味。西边岩壁飞瀑高挂，注入深潭，崖下有"观世音菩萨"的大石壁，"观自在菩萨"五字各高约2米，为乾隆47年的旧物。此物破碎流落民间，曾用来砌墙铺路作牛栏板，经过几年查访，竟然完璧重立岩下。据说这块碑是为朝廷专赐禅林寺主持的。龙山北边有禅林寺，为天台宗智者大师开创的十二刹之一，历尽兴衰，但到了乾隆年间得到了兴盛，乾隆皇帝得知后，专门下了懿旨，将附近的田地山林封赐给这个寺院。

拾级而上，则看到龙山武书院的遗迹，清代玉湖村人洪时雍与洪式抡等在此率领众乡民读书习武，蔚成风气。太平军把他招至麾下，因作战勇敢，侍王李世贤将他改名为洪士勇，并赐予飞虎旗一面，飞虎旗陈列在如来古洞旁的文物室。一同陈列的有洪士勇练武用过的大刀、戟、斧、剑、短刀等，其中，大刀原重一百二十斤。

如来古洞依崖而建。一座乡村的三层佛殿，供奉如来地藏诸尊，皆面北沉思，此洞原名师姑庵，明代崇祯年间，才改成佛殿供奉如来，始称如来洞。如来洞边有观音阁等，依绝壁中凿出的

小路攀登，沿石磴拾级而上，横走即到龙山顶。依松眺望，赤城山、桐柏山和东横山历历在目。往西而行，是一个精美的小湖，水波粼粼，映现着日光。此处现成了天湖景区。其北林中小庙形制朴素，与山村民居无二，每逢初一十五或神佛圣诞，附近的老人都聚集在这里念经拜忏，宿殿直到天明，或称"坐庚申"，三年一期，相当虔诚。有老树数棵，树干生在小庙的院子里，如同屋柱，枝干却从屋顶上冲出。

龙山附近松隐居，是智者大师的隐居地，齐召南将其列为天台山小十景之一，称"松隐林泉"。岩石壁立，山道从一线的壁缝穿过，没有石级，只有一排岩孔仅供一人用脚尖踩踏依附，处处小心，此为石门关。石门之上，豁然开朗，山花烂漫，松竹青翠，几间石屋，仅能容膝。只够一人静坐，明代时建成佛殿，后被火焚，现在建筑已非旧物。

龙山脚下滩林茂盛，是休憩的佳处。可野炊，可漂流，可聚饮，可漫游。溪上长木桥横架，通向南岸，沿此行走，穿过松林，经过田野和村庄，直达岩庵。岩庵所在的山洞名为罍山洞，狭长如马蹄形，与如来洞隔溪相对，也是智者大师的栖居之所，幽静非常。岩庵也叫白云庵，历史地位与国清寺不相上下，传说康熙在甲戌年梦中到此，下旨对庙宇进行整修。其下岩穴又称为黑洞，则为历代采石遗迹，其风韵不亚温岭的长屿硐天。齐周华云："或深至半里及二三里许，人各壁挂一灯，灯光点点如萤。洞内气蓬勃如甑中蒸，至夏则气敛。所以冬寒甚，则此反热涣汗，夏热甚，则此反冷侵肌也，（岩庵）亦可谓宝山矣。"

沿溪上溯，到鼻下许村，一条长长的山阜，这山阜俗称扁担山。传说一位仙人，挑着一担子礼物，行到此处，打了一个脚绊，扁担断了，两筐礼物化成了两座小山，一座青山峇，一座为西张峇。"峇"是天台地方字，音"节"，为下方上圆的山。青山峇三面都是峭壁，只能崖背后沿着人工凿出的脚窝方可登顶。此山形像个瓦甑，山脚建有"甑山庙"，五代时，志公（宝志）与朗公、唐公、化公、宝公在此编撰的《五公经》，在民间流传甚广。这本书像唐代李淳风、袁天罡的《推背图》和刘伯温的《烧饼歌》一样，是关于未来的一本预言书。

青山峇和西张峇相隔始丰溪，还有平桥镇。这小镇在元代就已经成形了，明代大旅行家徐霞客二次游天台，都歇在此间的旅店里。古时平桥也称为平头潭。民国年间，这里的山民常把砍伐下来的竹木结成筏子，顺流而下，直抵临海黄岩和椒江。陆蠡的名篇《竹刀》描述了此中情景。平桥镇的得名缘于横跨于始丰溪上的一座石桥，始建于明代，长300余米，是联络溪南溪北的必由之路，镇上一条风姿绰约的平头潭老街，也是明代时期的古建。老街东西方向延伸，经过一个小庙一座石桥。石桥始建于清乾隆年间，长不过三四米，现修为水泥桥，是平头潭街与岩头背的交通要道。

岩头背这段溪流名为文溪。早时溪畔有一座文溪中学，旧址就在今天的平桥中学。少年陆蠡就在那里课读。陆蠡（1908～1942），原名陆圣泉，浙江天台人。1942年他作为留守上海文化生活出版社的负责人，被日本敌特机关逮捕，在监狱中英勇不屈，最后被秘密杀害。陆蠡故居在岩头背下面的岩头下村。始丰溪不断回旋，在岩渚下淘挖出一个深深的平头潭。岩头下沿溪矮小的石板屋，古朴简陋而寒酸，屋边的池塘早已干涸，被蓼草掩盖得严严实实。过一条狭长的小巷，见到一座二层的三合院，便是陆蠡的祖居了，石匾上书"瑞气东临"四个道劲的大字，相传是陆蠡父亲陆宗兰的手笔，陆宗兰是当地的乡村名儒，曾题写过"辟虎堂""一匏堂""殪虎堂"等，却难寻旧迹了。从陆蠡祖居的后门出去，不远处就是陆蠡亲手建成的书院，据说是他在上海文化生活出版社工作后营造的，带有上海石库门的建筑风格。房子建成后不久，陆蠡就遇害了，空留此屋，不见故人，更觉惆怅。

陆蠡故居的上方是岩头背了。我站立的前方是一大片空地，大概是陆蠡笔下的麦场了。少年的陆蠡就在这里唱着《燕啊燕飞过天》《大麦黄黄小麦黄黄》的天台童谣，吹着他心爱的麦笛悠然飘过。余光中先生说："感性散文写得最好的恐怕就是陆蠡了"，"只从一丝萦念的线头，便会抽出一篇美丽而多情的绝妙小品来"，"陆蠡是散文家中的纯艺术家。"陆蠡写的就是一种性灵上的文字，正如悠逸的始丰溪水，既壮烈激奋，又舒曼流扬，放怀恣肆，洒洒洋洋。

岩头背东边，有一所东岳宫，祀东岳大帝和中国道教南宗桐

○平桥

◎紫凝山金鑫洞

柏山祖师张伯端和八仙中的吕纯阳，是一种实实在在的"道"。西边的是三义庙，奉三国刘备、关羽和张飞，是一种彻头彻尾的"义"，两座庙宇均建于清代，至今依然香火鼎盛。身后的戏台则名之曰"昭义台"。我终于寻觅到陆蠡人品文格的精髓风骨所在，义薄云天！

平桥镇东林张家塘，是道教南宗祖师张伯端的故里，现在新辟了紫阳真人的纪念馆。过上曹村，沿着乡野的阡陌走向东南，直到开岩。两旁的岩石如门，中间却现出一道开阔地来，据说是长臂罗汉用双手撑开而成，他随手带着一个响鼓，有个道士借了去就不肯归还，人也跑得无影无踪，罗汉唯见路旁石上放着一顶道士帽子，他随手抓起一把石子扔过去，帽子就与岩石连为一体了，那岩石也成了响岩。开岩昭明太子庙和开岩寺，传说南朝梁昭明太子萧统居此避难读书。他率先把孙绰的《游天台山赋》编到《文选》里。齐周华在康熙甲寅年间，为避山寇之乱，隐居在此。过东林往西可上紫凝山。山上因常有紫气缭绕而名，有猫游坑，只有猫一样敏捷的身手，方可览胜，奇险非常。紫凝之山，岩峰如五个倒插的手指，绝壁之中，有岩洞，可容一床一灶，名

日金鑫洞，传说明代紫凝山有高道名宗衡，著作《易筋经》，伪托达摩之名，却被奉为少林寺武学经典。天台易筋经现为国家级非遗。

紫凝之南有普门寺，再往下，谷中有瀑，长流不绝，唐代茶圣陆羽亲自以此煎茶，在《茶经》中把它称之为"天下第十七泉"，紫凝山上建有一座陆羽桥，桥端三圣殿，奉祀陆羽、丹丘子和虞洪的神像，此殿名之曰"茶圣殿"。陆羽被奉祀为茶神，属于茶

○大溪晚霞

行业之神。

从平桥镇西行，抵达张思，为国家级历史文化名村。徐霞客游记中将"张思"写成"江司"。村前始丰溪为义渡，村落陈姓，祖上陆宗渊，曾作《洪厓山房图》，藏于北京故宫博物院，其村多有古老四合院，位于村南益华楼，可登楼望山，是故，门楼匾额为"南山拱秀"，为乡间福地，益华楼正门左右塞口墙上镶嵌雕刻精美的两方"一根藤"石漏窗，东首为"亭"，西首为"瓶"，

有富贵平安之意。上新屋里建于清朝光绪年间，有24间，1375平方米，门窗、牛腿和雀替等木雕，尤其精美，前厅为单层建筑，正厅和两厢为楼房，寓意"步步高，级级升"。正面台门阳刻楷书"霁景凝辉"，边门阳刻行草书"杏苑春深"。这房子的主人是"塘里太婆"，她二十几岁丧偶，无儿无女，乐于助人。民国二十一年，县长张宝琛建老县堂，塘里太婆慷慨解囊捐资400块银洋。县长张宝琛亲自送来"冰心雪操"匾额。有跋曰：青年宁志操，如铁石之坚；白发全贞节，比秋霜之洁。村中博士堂一家四兄弟，其中出了3位博士。村中诗人陈人杰获鲁迅文学奖。陈益民出版书法文化专集，学者陈琪在上海创办思无崖文化实体，他们勤奋努力，皆有成就。张思文脉炽盛，流传有序，建有宗渊书院，文化得到弘扬。

过张思，沿溪流，我来到街头镇。它也叫做埠头街。天台人称街头镇为大西乡。考街头镇的起源，始于六朝，宋代时，人们见古镇前南湖与始丰溪相通，改名为湖窦。元代时，镇上设有湖窦寨，置巡检司防守。清代正式命名为湖窦镇。民国时，埠头街下段始丰溪旧时可通竹筏。徐霞客游天台山，经过此地，"人山，峰萦水映，木秀石奇，一溪自东阳来，势甚急，大若曹娥"，一时找不到竹筏，让别人背着，"涉水而过，水深过膝"。街头镇改名在清代康熙十三年，这里是连接台州、金华、绍兴三地区的要道。因地理位置特殊，抗战时期成为浙东行署的驻地。有人说街头一词不雅，改名为嘉图。嘉禾丰稔，溪山如画。1946年，浙东行署撤离，嘉图镇仍称街头。

我自在地漫行在长1154米的街头老街上。每逢二七之日，这里形成集市，来自天台、新昌、磐安、仙居等地的商贾云集，人们比肩接踵，贸易尤为兴盛。从梅人鉴题写的"古湖窦镇"匾额的过街楼下穿过，沿街鹅卵石按摩我的脚心，有过电一样的感觉，顿时身心舒泰起来。

站立在西溪桥上，这座建造在北宋年间的老桥，64米长，桥首中旧有龙母殿，仙人足迹，有五峰积翠之境。街头镇历史最悠久余家大院，为清代秀才余秉锡、余鲁才祖孙的故居。清同治十三年，知县丁澍良勾结劣绅加征钱粮，余鲁才、余秉锡向省里呈告，却被关进牢房，余鲁才被官府毒死。街头西乡农民揭竿而起，焚烧了县衙，遭到了残酷镇压，俗称"西乡反"，载入浙江历史。余家大院名曰"存朴堂"，雕梁画栋极为精美，天井四边沿阶皆为十二块，有年老寿长的意思。

街头古民居中，规模最大的是曹氏大院和下当门楼。101个房间"十八个道地不落天下"的规模，不亚于城市中的豪门大户。房屋的主人叫曹光弼，在清乾隆五十年（1785）建成，足有200多个年头。台门上有"屏山襟水"匾额，门楼上有"聚青凝紫"匾额，倒成一对儿。大院的天井以鹅卵石铺就蝙蝠和鹿的图案，意为福禄，柱子下面是石磉，为覆盆形状，意思是聚宝盆。许昌渠说，这老房子的图案是有讲究的，雕花瓶中插三支戟的图案，意思是平升三级，雕花瓶和蝙蝠，是福坪居上，雕星斗和石鼓，说是"星缘实古"。一位工匠先在西边砖雕"虞水访贤"图案，说唐尧将王位禅让给虞舜，有贤有德。东边工匠想着典故很古老，如果雕不出更古典的图案，就落败了，急中生智，雕了个"犀牛望月"，犀牛分水，天上月圆，大吉利。

街头有一品巷，有老民居，曰：一品宅，房屋布局，也如一个"品"字，台门的石匾上有"山水含芳"四字，坐观山水宛如

水墨画一般。屋后有三口水塘，形成一个品字。，一品当朝，官居一品，水塘既可洗濯，又可防火。一品宅三退九明堂，还保留着民国高官和大总统黎元洪的题匾，该宅的主人姓潘，实力非同一般。

街头镇沿着始丰溪沿岸而建造，就像一条顺流而下逆流而上的船。这老街就像一条缆绳，老街一端的石板桥也像一条缆绳，而老桥一端的古樟树也该是系船的木桩了。坐在这条船上，两旁的青山绿水倏倏地隐去。而今，与您相约于湖窦古镇，一段小小的石岸，一个小小的埠头。舟行，舟止。我应该云水一般透清澈澄明，宁静散漫，在反复的回眸和凝思中，波影叠叠，云影霭霭，我可以化成溪中的一只翠鸟，随意地翻飞停留，也可以像一尾小鱼，尽情地翔游与穿梭。对着这清明的天台山，我一路云端歌行，满目空明中，耳边响起那首歌，旋律悠然，顺水漂漾而来。

　　流水呵，慢慢流，流到东边大海头
　　那里啊，没有忧，那里啊，没有愁

撩水作歌，我的心情与天台山水融为一体。

后 记

本书的写作，先后用了 13 年的时间。1999 年我在台州市文联工作，应天台宣传部门之约写作此稿，准备出一套五本丛书，我负责写天台自然风光部分。后来出书的事搁了浅，稿子被我要了回来，锁在抽屉里，不觉十二个生肖轮转了好几回。

我把经年积累的乡土笔记整理出来，融合自己的情感，写了一本散文《天台茶》，由上海远东出版社出版，影响评价甚佳。于是从抽屉里翻出这本旧稿，重新构思创作。如果仅仅描写风景，显得单薄浮浅，需要兼顾历史文化逸闻情感等诸多方面，充实更多的细节。无奈的是，我于 1997 年离开天台，2002 年谋生京华，重走天台山成为极奢侈的愿望。幸好从业于国家级绿色乡土文化期刊，"假公济私"，重游家山，发现山中景物非同从前，并增添许多新景，于是作适当增补更新。在不影响文学艺术与情感表述丰赡性的前提下，尽量以最简洁的文字，蕴含最细腻的情感，传递最丰富的信息，遵循出版部门的要求，把原文细加浓缩，保持原有格局，在诸多老师和朋友的指教和鼓励下，加上我多年的经验积累，书稿终于如愿以偿地完成。我如释重负，体会到达成成就的轻松与愉悦。

在本书完稿之际，再次读到林语堂先生的小说《京华烟云》，

看到一段文字："那一夜，是新年除夕，他们停在天台山下的一个庙里。这一带乡间是浙江省第一等美丽的地区，公路未兴建之前是人迹罕至的，所以也是游客所稀见的地方。在遥远的地平线上，巍峨的花岗岩山峰拔地而起，高耸天际，半入云端。""在遥远的地平线上，高耸入云的天台山巍然矗立。它在道家的神话里，是神圣的灵山，是姚老先生的精神所寄之地。在庙门前，老方丈仍然站立。他看了一段时间。一直到他们渐渐和别人的影子混溶在一处，消失在尘土飞扬下走向灵山的人群里，走向中国伟大的内地的人群里。"林语堂的小说结尾，让我感知到天台山深层的自然与文化的象征意义。

身在京华，云端行歌的我对天台山的思念和向往日益浓烈，总是渴望在某个时候再也不为世尘所累，回到云端之上的华顶木屋里，平静安详地度过最幸福的时光。这本书凝聚了我对天台家山的感恩和对父老乡亲的戴德。

近乡情更怯，怀乡意更浓，我将以最崇高的礼节，聊表一番心意：对于百忙之中品读本书的编辑老师和读者朋友表示衷心的感谢。敬祝各位身体健康，悠闲美好生活，宛如我天台山上的云端歌行，顺风顺水一路平安。

胡明刚

2012 年 6 月于北京通州大运河畔

2024 年 7 月修订于浙江天台山石梁云端小镇龙皇堂山上书院